一緒に剣の修行をした幼馴染が奴隷になっていたので、Sランク冒険者の僕は彼女を買って守ることにした②

著：笹塔五郎
イラスト：菊田幸一

GCN文庫

contents

プロローグ

朝――僕は自宅のベッドで目を覚ました。

自宅と言いつつも、冒険者の仕事で留守にすることは多い。『Sランク』の冒険者になったからと言って、別に大きな家に住んでいるわけでもない。

木造の家に三部屋ほどのシンプルな作り。『ルドロの町』の中心部からは少し外れたところに、僕の家はあった。

僕は、射し込む朝日に目を細めながら、ちらりと隣に視線を送る。一緒に寝ていたアイネはすでに目を覚ましたらしい。

僕は身体を起こして、リビングの方へと向かう。扉を開けると、そこには台所に立つアイネの姿があった。

長い髪を後ろで結び、まだ寝間着姿のままエプロンを着けて、朝食を作っているところだった。様子を見るに、僕より早く起きて準備を始めていたらしい。アイネも僕の姿に気付いて、

「おはよ、リュノア」

「ああ、おはよう」

軽く、挨拶をする。僕とアイネが一緒に暮らし始めてから早一週間――アイネが家事全般をやりたいということで、彼女に任せる機会は増えていた。もちろん、僕も手伝うようにしている。今朝方は、彼女に任せる形となってしまったが。

「もうすぐ準備できるから、座ってて」

「うん、ありがとう」

アイネの言葉に従い、僕は席につく。席には座りつつも、ちらりとアイネの様子を窺う。

――食材の加工については、アイネの腕に物申すようなことはない。帝国で騎士をやっていた頃に、仕事中に捌く機会などあったのだろう。肉や魚、野菜などどれも綺麗に切り揃えられていた。「剣も包丁も使い方はそんなに変わらないわよ」とちょっとしたり顔で言っていたことを思い出す。

そんな彼女が真剣な表情で盛り付けをしている。そんなに気にしなくてもいいと言ったのだが、どうやらアイネ自身は綺麗にできていないことを気にしているらしい。

それに、味付けについても僕の好みについて色々と聞いてくる。

「リュノアは薄味の方が好きなのよね。もう少し薄いくらいがいいかしら」

「僕を基準に料理しなくてもいいよ。大変だろ？」

「あんたの好みに合わせて作りたいの」

「アイネの作った料理であれば、それで構わないんだけどね」

「もう、リュノアそればっかりじゃない」

少し怒ったような表情をして、アイネが振り返ってこちらを見る。別に彼女に気を使っているわけでもなく、これは僕の本音なのだが……。

「アイネの手料理なんだから、君に任せてるだけだよ」

「そ、そう言って誤魔化そうとしてもダメよっ。一週間も経ったんだから、そろそろ好みの料理を作れるようにしたいの！」

怒りながらも少しだけ嬉しそうな表情という、微妙な感じになりながらもアイネが言う。

大体、料理を作るとなるとこんな話になることが多かった。結局、僕がアイネの意を汲む。

「なら、味見するよ。好みの味かどうか確認するから」

僕は席を立って、アイネの隣に立つ。アイネが小皿に、作ったスープを注ぐ。今日は魚介がメインの朝食だった。

僕が味見をしている間も、上目遣いで心配そうな表情をしながら、アイネが僕のことを見てくる。

「ど、どう？」

アイネが問いかけてくる。スープを口に含んで、味を確かめる。

アイネは元々濃い目の味が好きらしく、このスープについてもまだ濃いくらいだったが、僕は頷いて答える。

「うん、いいんじゃないかな？」

「本当に？」

アイネが確認するように僕に迫る。……どうしてか分からないが、彼女は最近になって僕が嘘をついているか分かるようになったらしい。視線を逸らすと、アイネが眉をひそめた。

「また嘘ついたでしょ」

「いや、美味しいから大丈夫だって」

「リュノアの好みで作りたいって言ったでしょ！　もう……少し水足すから」

アイネがそう言って、僕から小皿を取り上げると、水を足そうと僕に背を向ける。

その時、突然ふらりとアイネの足元が覚束(おぼつか)ない様子を見せた。

僕はすぐに、アイネの身体を支える。

「ご、ごめ、んっ」

「気にしないで。アイネこそ、大丈夫？　今日は早かったね」

「そ、そう、ね……その、いつも悪いんだけれど――わっ!?」

「うん、大丈夫だよ」

この生活にも随分と慣れてきた――僕はアイネの身体を抱えて、寝室の方へと向かう。

アイネは相変わらず恥ずかしいのか、僕に抱えられると俯くようにして顔を隠す。『性属の首輪』による『発情』――相変わらず、その問題については解決できていない。けれど、以前とは少しだけ関係に変化があった。

この首輪による無理やりの発情も、アイネと愛し合う機会を増やしてくれるものでもあった。

そっとベッドにアイネを寝かせると、アイネは呼吸を荒くしながら、身動ぎをする。

その姿は煽情的で……正直興奮する。けれど、僕はあくまで冷静にアイネの傍に寄る。

――アイネについて、最近分かったことがある。

「……やっ、またっ、それ……っ！」

アイネが小さく首を振りながら、抵抗する姿を見せる。彼女の両手を押さえ付けるようにすると、アイネは嫌がる素振りを見せながらも頬は紅潮し、呼吸も一層乱れていく。

視線を泳がせながら、僕に顔を見られまいとしている——アイネには、どうやらMの気質がある。いじめられるように責められる方が、彼女はより興奮するようだった。

発情状態で力のないアイネを押さえ込むのは簡単だ。

僕はアイネの両手を頭の上で固定すると、空いた右手でアイネのお腹の辺りに触れる。

「んっ、ふっ……！　く、くすぐったい、よぉ……」

「でも、アイネはこうされるの、好きだよね？」

「す、好きじゃ、な……ひっ！」

アイネが嬌声を上げて、身体をくねらせる。嫌がる素振りを見せながらも、その表情に見えるのは期待感——最初の頃は、アイネの負担にならないようにできる限り早めに終わらせるようにしていた。けれど最近は、アイネがより気持ちよくなれるように、こうしてアイネの悦ぶことを模索するようになっている。

今日はどうしようか——そんなことを考えながら、僕はアイネの身体を撫で上げる。

「んっ、ふっ、ふ……ぅ」

声を押し殺そうとしているが、漏れ出してしまっているアイネの声が耳に届く。

唇を噛みしめて、腕を何とか下ろそうと必死に動かしているのが伝わってくる。

それでも、『発情』状態になってしまった彼女では、僕の片腕を振りほどく力もない。

まだ、エプロン越しにお腹を撫で上げる程度だというのにこの反応だ。

以前背中を流した時やマッサージした時もそうだが、アイネはかなり敏感な身体をしている。そのうえで、『性属の首輪』はさらに彼女の身体を敏感にしている——故に、身体を撫で上げるだけでも彼女の身体は過剰に反応してしまっているのだ。

僕はゆっくりとエプロンをたくし上げて、背中の方に手を回す。アイネのブラのホックを外して、引き抜くように取り外した。

シャツの上からでも分かるくらいに、アイネの乳首は大きくなっている。

僕は膨らんだ乳首の周りを撫でるように触れた。

「んんっ！　やっ、そこ、はぁ……」

アイネが首を大きく振って、抵抗の意思を示す。優しく触れているだけでもアイネの呼吸が大きく乱れて、身体を震わせた。

「リュ、ノアぁ……っ」

求めるような声で、アイネが僕を呼ぶ。潤んだ瞳で僕を見る彼女はとても可愛らしく見えて、早く楽にしてあげたいという気持ちよりも——もっとそんな姿を見ていたいという気持ちの方が大きくなる。

アイネが本当に嫌がっているのならやめるつもりはある。けれど、胸を触り始めたあたりから、彼女の抵抗する力が弱くなっているのを感じた。

　ここ最近はずっとそうだ――アイネは嫌がる素振りを見せながらも、『発情』状態で胸を触られるのは快感らしい。

　少しだけ爪を立てるようにして乳首を掻くと、アイネの声が大きくなる。

「んっ、んっ、んぅ……！　だ、だめ……へ、変なの、きちゃうっ、からっ。も、もう、やめ……」

「もうやめてほしい？」

「ひぅ……！　あっ、んっ。も、もっと……」

「ん、どっちがいい？」

「んっ……！」

　確認するようにしながら、アイネの乳首の周りを優しく撫でまわす。

　目に涙を溜めて、アイネがやがて懇願するような声で言う。

「もっと、触って、ほしい……」

「うん、いいよ。もう手は押さえないから、腕は上げたままにね」

「……う、んっ」

　アイネが素直に頷いたのを見て、僕はアイネの両手を放す。彼女はそのまま、我慢するようにシーツを掴んだ。

身体への刺激を受け入れる態勢だ――僕は、自由になったもう片方の手でも、彼女の胸に触れる。

丁度手のひらで包み込めるくらいのサイズのアイネの胸は柔らかい。乳房を揉みながら、親指で彼女の乳首を刺激する。

ぎゅっと拳を握るようにして、アイネがその刺激に耐えていた。

「あっ、あっ！　んぁっ！　イ……っ」

びくんっとアイネの身体が跳ねる。

マッサージするような胸への刺激――それだけで、アイネは軽くイッてしまったのだ。

だが、彼女の『発情』が治まる様子はない。ここ最近分かったことだが、アイネの発情を治めるためには直接、彼女の秘部への刺激が必要となってくる。

胸の刺激だけでもイクほどに敏感なアイネの身体だが、それだけでは彼女の発情は治まることはない。

そんな状態のアイネの胸を、僕はそのまま刺激し続ける。噛みしめていた唇も自然と開いて、声を抑えることも忘れて彼女は喘ぐ。

「あ、ああっ、んあっ、リュノアっ、わた、し……もう、イッた、からっ」

「うん、分かってるよ。もう限界？」

「う、リュノアの、ほしい、よぉ……！」

もっと焦らしてみたい……そう思うけれど、アイネの懇願する姿を見て、僕もだんだんと我慢ができなくなってきた。

僕はアイネの下着に手をかける。一度イッているからか、アイネの下着は愛液で濡れて、大きな染みになっていた。

アイネの艶やかな秘部が露になる。外であれば指で済ませる方が多いが、家の中であれば別だ。

僕もズボンを脱いで、勃起したペニスをアイネの膣へと挿入する。ぬるりと濡れた膣口へと、ゆっくりとペニスが入っていく。

「ふっ、うっ、ふーっ」

アイネが大きく息を吐いた。

何度やっても、彼女の膣は締め付けるような感覚が強い――奥まで入れると僕はその状態でアイネの乳首を掻くように撫でる。

胸を刺激するだけで、膣内できゅっとペニスを締めるような感じが伝わってきた。

「アイネ、動かすよ？」

「……っ」

確認しながら、僕はゆっくりと腰を動かす。左手でアイネの乳首を刺激しながら、僕は右手を彼女の秘部に近づけて、彼女の愛液で滑るようになっているクリトリスに触れる。

アイネが大きく目を見開いた。

「ダ、ダメ……っ！　そこは、いまっ、刺激しちゃ、やだぁ！」

アイネが抵抗するように僕の手を掴むが、力の弱くなった彼女では止めることは到底かなわない。刺激が強すぎるのか、アイネは仰け反るような姿勢になって、何とか逃れる術を探しているようだった。

僕は腰の動きを少しだけ速める。動かすたびに、アイネの嬌声が部屋の中へと響く。

「あっ、あっ、うんっ、んっ！　リュノ、アっ、また、くるっ！　もう、イ、イク……！」

「僕も、だ……！　アイネ、射精すよっ」

僕も我慢していた分、早くから精子が駆け上がってくる感覚があった。

ぎゅっとアイネの膣が僕のペニスを強く締め上げて、僕も彼女の奥を強く小突く。

アイネの身体が小さく跳ねて、やがて小刻みに震えながら脱力した。

「ふーっ、ふーっ」

大きく呼吸を吐いて、涙を流しながらアイネが僕を見る。

そんなアイネの頬に優しく触れて、僕は彼女と口づけを交わす——朝食前から愛し合って、僕とアイネの一日は始まった。

第一章

行為を終えた僕とアイネは、ようやく落ち着いて朝食を摂る。

最近は行為の後でも、気まずい雰囲気になることはなくなったが、どこかアイネの態度はまだぎこちない。

「……アイネ、怒ってる？」

「別に、怒ってないわよ。ただ……日に日にリュノアがその、Ｓっ気が強くなってるっていうか……」

「ん？　よく聞こえないけど」

「っ、何でもない！」

ごにょごにょと小さく言うので最後の方がよく聞こえなかった。……Ｓがどうとかいうと、冒険者の話だろうか。今の状況にはあまり関係ない気がするけれど。

「とにかく、怒ってるわけじゃないから。それで、今日はどうするの？」

「今日は……別に予定は決めてないね」

自宅に戻ってから数日——新しく仕事を取ったわけではない。いくつか請け負った仕事はあるが、急ぎの仕事があるわけじゃなかった。

アイネと一緒にいられる時間を増やしていきたい……それが正直なところだ。

「アイネは、何かしたいことはないかな？　せっかく今日は朝からだったし、自由な日だと思うけど」

「！　そう言われると、そうね。今日は気兼ねなく何でもできるわけだし……」

アイネも気が付いたように考え始める。

『発情』が朝から起こったということは、今日のアイネは少なくとも首輪の効果を受けることはない。一日に一度しか発動しないのが、『性属の首輪』だ。

ある意味そこが順守されているために、朝方に起こってしまえばその日に心配はいらなくなる。

正直、朝方から『発情』する機会は少なかったし、今日はアイネのしたいことができればいい。

「……まあ、考えても剣を振るくらいしか、趣味ないんだけど」

しばらくの沈黙の後、アイネはばつが悪そうにそんなことを口にする。

僕は思わずクスッと笑ってしまう。

「あ、笑ったわね……！」

「いや、すまない。悪気はなくて……ただ、僕もそんなに趣味とかはないからさ。似たようなものだなって」

「二人とも剣が趣味って、何だかおかしいわね」

僕の趣味については正直アイネに影響されたところが強いけれど、彼女もまた剣の道に生きる少女だ。奴隷にされてからはしばらく剣に触れていなかったというが、ここ最近は剣術の稽古にも精を出している。……だが、それで今日を終えてしまってはいつもと同じだ。

それでも構わないのだが、せっかくフリーの時間が長いなら何かしたいという気持ちもある。

そんなことを考えていると、アイネが思いついたように手を叩き、

「そうよ。せっかくなんだから、冒険者の仕事をしに行きましょ？」

そう、提案したのだった。

「冒険者の？　それって、僕が受けたやつかい？」

「ええ、まだ受けてるのがいくつかあるのよね」

「まあ、そうだね。この近場でもやれるものはあるけど」

王都からこの町へ戻る途中にも二つほど、仕事を終えている。他にも、町から少し離れた森の方の魔物の調査の依頼を受けていた。

これについては討伐ではなく調査からだ。必要であれば僕の判断で討伐することになるが……調査という段階の、まだ魔物の名前くらいしか分かっていないものだ。

「あ、でもあんたの目もまだそんな状態だし……無理をさせるつもりはないわ」

「無理なんてしてないよ。アイネには見せただろ。僕は別に、見えなくても大丈夫さ」

まだ片方の目に眼帯をしていることを心配しているようだが、特に障害にはならない。

それこそ、片方の目が見えていれば何の問題もなかった。

アイネは少し迷った様子を見せたが、やがて決意に満ちた表情を見せる。

「じゃあ、決まりね。あんたの仕事の一つ、私も手伝うから」

「せっかくフリーの日に仕事なんてしなくてもいいのに」

「何を言ってるのよ。元々は私も仕事を手伝うって話だったじゃない。まだ力にはなれないかもしれないけど……私だってリュノアの力になりたいんだから」

まだ、仕事にあまり協力できていないことを気にしているようだった。

僕は気にしない――と言っても、アイネの性格ではそれを許さないだろう。

今日はアイネが森の中で発情してしまうようなリスクもない……確かに、仕事をするには丁度良い日であった。

「うん、分かった。せっかくだし、アイネに仕事を手伝ってもらおうかな」

「ええ、任せて。今日はしっかり役に立つつもりだから！」

アイネが笑顔で宣言する。実力だけで言えば、彼女はAランクの冒険者に並ぶくらいには強い。

僕はそう見立てているし、首輪の影響さえなければ単独で僕の受けている仕事もいくつかこなせるだろう。

僕のリハビリがてら、というわけではないが、アイネの修行に繋がるのであれば、それもいい。

僕とアイネの今日の目的は、冒険者としての仕事を消化することに決まった。

ルドロの町――おそらく、ここに滞在している冒険者の中で一番ランクが高いのは僕ということになるだろう。もっとも、Sランクである以上、僕よりも上のランクの冒険者は存在しないことにはなるが。

冒険者には一つの拠点に滞在するタイプと、放浪するタイプに分けられる。

滞在するタイプはたとえば所帯を持っていたり、その地に残る理由があったりする者。

放浪するタイプは一つの地にこだわりがなく、あるいは仕事の目的にそもそも多くの地を渡り歩く必要があったりするわけだ。

僕の場合は、正直どちらでもよかった。仕事で少し離れたところにも行くことはあるが、結局はこの町へと戻ってくる——そんな生活を繰り返していた。

よくも悪くも、一つの家を持っているというのは色々と楽でいい。何より今は、アイネと一緒だ——家を持っていて良かったと思える。

「ね、森までどれくらいかかるの？」

「ん、ここからだと歩いて数十分くらいかな」

「そっか。この辺りとかだと馬車もあまりなさそうよね」

「馬車に乗りたいの？」

「私は別に大丈夫だけど……」

何やら意味ありげにそんなことを言うアイネ。

この町自体はそれほど広くはない。行き交う馬車の数も少ないのはそれこそ、王都のように広いところでないと、中々稼ぐこともできないからだろう。

森の方面となると、魔物も出てきてリスクにもなる——だから、基本的にはこの町での移動は徒歩になっていた。

まだこの町で暮らし始めて一週間ほどだが、アイネも大分この町の空気に慣れたらしい。

王都でもそうだが、首輪のことは特に気にする様子もなく、僕の隣を歩いてくれている。

……ここに来た当初は、やはりSランク冒険者である僕が『奴隷』を連れてきた、ということで少し話題にはなったようだ。

ここの冒険者ギルドには改めて説明して理解してもらったが、奴隷を持つということに偏見のある人もいる。

僕自身は気にしないが、やはりアイネが首輪のことを気にするようならどうにか隠すくらいのことは考えるつもりだった。どうやら、その必要はないみたいだが。

「そう言えば、今日狩るのはどういう魔物なの？」

「ああ、『ディー・オーク』っていう魔物の討伐だね」

「……あまり聞いたことないわね」

「まあ、珍しいタイプの魔物ではあるかもね。それなりに大型で、森の入り口近辺で一度確認されたらしい。冒険者のランクで言えば本来はBランク相当で戦える相手のはずだよ」

「本来は？」

「稀に異常に強い個体が生まれるのが、『ディー・オーク』の特徴らしい。今回はその異常個体であることが確認されたよ。Bランクの冒険者が三人で挑んで返り討ちにあった——まだ犠牲者は出ていないから、今のうちに討伐しておきたいというのがギルドの意向なんだろうね」

何より、凶悪な魔物が森の奥地ではなく、入り口近辺に現れたのを放っておきたくはないのだろう。

もちろん、そこに現れたからと言って魔物が町に来る可能性があるわけじゃない。

ただ、『ディー・オーク』の現れた位置が町人も訪れることのある場所なのだ。木の実集めや薬草の採取など、誰でも気軽にできるところだ。

あるいは、それが分かっていて『ディー・オーク』はそこに陣取っているのかもしれない。

『オーク』と名の付く魔物達は、賢いと言えるほどではないが、知性がないわけでもない。物を使うレベルの知性は備えている——それが、今回の『森』ということなのだろう。豊富な資源が、彼らの餌となる魔物を誘き寄せることになるのだ。

——今回は、住み着いた場所が悪かったと言わざるを得ないだろう。

「一応言っておくと、『ディー・オーク』の強さは僕の見立てではAランク相当かそれ以上はあるかもしれない」

「私一人だと力不足ってこと？」

「そういうわけじゃないけれど、無理は禁物ってことだよ」

アイネの実力は現状、Aランクの冒険者の下位程度といったところか。

ブランクを見せない剣の実力はあるが、やはり身体の動きには多少の衰えもあるようだ。

もちろん、生きていく上でそれくらいの実力があれば困ることはない。

僕から見て、彼女は無理をしやすいタイプだから注意をしておきたかった。それを知ってか知らずか、アイネはこくりと頷いて答える。

「もちろん、無理はしないわ。それを言うなら、あんたこそ無理はしないでよ？」

「僕？」

「そうよ。目が見えなくても戦えるって言ったって……まだ片方の目が見えてないじゃない」

「見えなくなったわけじゃないよ。多少違和感があるくらいで――」

「それを無理してるっていうの！　とにかく、私を注意するならあんたも気を付けること！　……見えない方の目は私がカバーするから」

そう言って、アイネは僕の視界から眼帯の陰に隠れてしまう。

僕としては、彼女には僕の見えないところには立ってほしくなかったのだが。仕方なく、少しアイネの方向を見るようにして歩く。

「……」

「……」

「……っ、ちゃんと前を見て歩きなさいよ！」

——早々にそんな風に、怒られた。

＊＊＊

町を出てからしばらく歩くと、森の入り口が見えてくる。

僕とアイネは森に入る前に、近くの草原で様子を窺うことにした。何せ、今回の対象の魔物が目撃されたのは森の入り口近辺だ。

森に入るよりもまず、現状を確認した方がいいだろう。

草原には、何体か草食の魔物が見て取れた。一概に魔物と言ってもその種類は豊富だ——人間を襲わない、穏やかな種類の魔物だって存在する。

この草原にはそういった魔物が多く存在している。

逆に言えば、その魔物達が森の入り口近辺でゆったりしているところを見ると、今は近くに『ディー・オーク』はいないのかもしれない。

草原の魔物達は、特に臆病な性格のものが多い。警戒心の強い彼らがそこにいるということは、少なくとも今は安全なのだろう。

「たぶん森の入り口にはいないね。少し森の中に入ってみようか」

「分かったわ。私が先行する」

そう言って、アイネが前に出る。……『性属の首輪』の効果が出ないことが分かっているからか、今日のアイネが張り切っているのは伝わってきた。

僕としてはあまり無茶をしてほしくはないのだけれど、アイネからも「無茶をしないで」と止められてしまっている。お互いがお互いを心配し合うような状態であった。

『帝国』の魔導師に襲われた時に、目が見えなくても勝てた時点で心配の必要はないことを証明したつもりだったけれど、そこは関係ないらしい。

森の入り口――木々が生い茂る場所から入ると、アイネは様子を窺うようにしながら周囲を見回した。

「……魔物の気配は、あまりないわね」

「草原の方ではそれなりにいたけれど、森に入った途端にこれなら……やっぱりこの辺りを住処にしているのかもしれないね。アイネ、気を付けて」

「分かってる。リュノアこそ、私の前に出ないでよ」

改めて釘を刺すように言われてしまう。……最近は、アイネと共に剣の稽古をする機会も増えている。彼女の実力を考えれば、『ディー・オーク』とまともに戦うことは十分に可能だと思っている。

けれど、勝てるかどうかはまったくの別問題だ。基本的には彼女の意思を尊重するつもりだけれど、もちろん危険があれば僕が戦う。

少なくとも、僕に依頼される内容であるということは、アイネにも認識していてもらいたいことだ。

アイネの剣の実力を決して見くびっているわけではない。ただ、魔物の相手をするとなると全く別の問題なのだ。

僕とアイネは森の中を確認するように進んでいく——だが、やはり森の中にも魔物の気配は感じられない。

おかしいところは、『ディー・オーク』の気配も感じられないことだ。

この森の近辺を住処にしているのは間違いない。ある程度実力のある魔物であれば、近くにいるだけでもその気配を感じ取ることはできるはず……僕も冒険者の生活を経て、それくらいのことはできるようになっていた。

「アイネ、少し待ってくれ」

「……？　どうしたの？」

「いや、何か雰囲気がおかしい。『ディー・オーク』とは違う何かがいるような……」

「何かって……確かに魔物の気配は少ないけれど」

「悪いけれど、君は僕の後ろに下がってくれ」

「！　な、何でよ！　まだ仕事は始まったばかりじゃないっ！」

抗議の声を上げるアイネ。彼女の気持ちも分かる――けれど、何となく嫌な予感がする。

それこそ、以前の帝国の魔導師達がやってきた時のような……。この短い期間でまたアイネを狙って何者かがやってきたのだろうか。

少なくとも、何らかの理由でアイネを狙っている者達がいる。

正確に言えば、アイネの首輪を狙っているというべきか。少し臆病になっているかもしれないが、警戒をするに越したことはない。

僕はアイネの頭を撫でるようにしながら言う。

「問題がなければまた君に任せるよ。だから、今は僕に従ってほしい」

「……っ、リュノアがそう言うなら……分かったわよ」

不満のある表情ではあったが、アイネはこくりと頷いてくれた。

以前と同じように、僕が先行してアイネが後ろに続く形となる。腰に下げた剣に触れるようにしながら、周囲を警戒して森を進む。

今回は森の中でキャンプを張るようなことはしない——魔物が確認できればそれでよし。もしも他になにかあれば……そう考えながら歩いていると、人影を視界に捉えた。僕は無言で後方のアイネを制止する。

「——」

身を屈めるようにして、その人物を見据える。

人影は『何か』に座っているように見えた。手に持っている剣を『何か』に突き立てている。

(『ディー・オーク』か……?)

倒れているのは『ディー・オーク』だ。——僕達の前に、Aランク相当の魔物を倒した者がいる。以前のことを思い出し、僕は剣の柄を握って臨戦態勢に入る。

だが、よくその人物の姿を確認すると、僕は思わず声を漏らしてしまった。

「……ラルハさん？」

「あん、その声は……リュノアか？」

彼女――ラルハも僕の声に気付いて振り返る。身の丈を超える大剣を振るうその女性のことを、僕はよく知っていた。

「……リュノアの知ってる人？」

怪訝(けげん)そうな表情で問いかけてくるアイネに、僕は頷いて答える。

「ああ、僕が冒険者を始めたばかりの頃に、お世話になった人だ」

――冒険者として、何もずっと一人でやってきたわけではない。

初めの頃は、他の人と手を組むことだってあった。その時にパーティを組んだのが、『ディー・オーク』を打ち倒したであろうラルハ・レシュールという女性だ。

赤色の髪をかき上げるようにして、嬉しそうな笑みを浮かべながらラルハが立ち上がる。

「おー、随分と成長したみたいだなぁ、リュノア――って、その目はどうした？」

ラルハが僕の眼帯を見て、少し驚いた表情を見せて言った。

「ちょっと仕事で怪我をしたんです。まあ、直(じき)に治りますよ」

「ふぅん、そうかい。まあ、冒険者の仕事には怪我は付き物だからね。むしろ、戦って傷付いたのならそれは冒険者としての勲章とも言えるだろうさ。あんたも成長したってことさ。……けど、あたしとヤるにはまだ少し早いかなっ！　あっはっは！」

「……!?」

出会いがしらの冗談のつもりなのだろうが、その言葉に何より反応したのは、僕の後ろにいるアイネであった。

僕はラルハに、依頼を受けて魔物を討伐しに来た事情を説明する。すると彼女は、

「あんたの獲物だったわけかい。そいつぁ悪いことをしたね！　あっはっは！」

大声で笑いながら、悪びれる様子を見せることもなく言う。

ラルハならば、単独で『ディー・オーク』を倒してもまるで不思議はない。少し前ならば、僕よりも圧倒的に実力は上だった人だ。いや、今でも本気で戦えばどうなるか……まあ、ラルハと僕が本気で戦うことはないだろうけれど。

「別に、倒してくれたのならそれで構わないですよ。元々、この辺りに出現して危険だというから、僕が倒しに来たわけですから」

「ほう、言うねぇ……あたしから見ても、こいつは中々強かったと言える。それをあんたが『倒す』と言い切るたぁね。少なくとも、あたしと一緒にいた時よりはかなり強くなってるみたいじゃないか。感心感心」

うんうん、と頷きながらラルハはそんなことを言う。彼女と一緒にパーティを組んでいた時に比べれば、相当成長したとは思う。

実際、僕が冒険者になった頃で、すでにラルハはAランクの冒険者であった。

風の便りに、Sランクになることもできるレベルになっているが……。

「それで、そっちの子は？」

「ああ、彼女は――」

「アイネです。アイネ・クロシンテ。リュノアの『幼馴染』で、今は一緒に暮らしています」

何故か強調するように語気を強めて、その上一緒に暮らしているということまで説明している。わざわざ、そこまで言う必要はあったのだろうか。

アイネの自己紹介に、ラルハは一瞬、面を食らったような表情を見せるが、

「あっはっは、そうかい！　リュノア、あんたもう所帯持ちになったのか」

どうしてそういう結論になってしまうのか、彼女がそんなことを言う。

「！　しょ、所帯……!?」

「いや、そういうわけではないですが……アイネとは色々とありまして」

何故かラルハの言葉に動揺するアイネを尻目に、僕は答える。

「色々？」と彼女は怪訝そうな表情を見せるが、アイネの首元を見て何かを察するような表情を見せる。

「ほほう、色々ねぇ……」

「一応、断っておきますが、ラルハさんの思っているようなことではないと思います」

「おいおい、あたしがどんなことを考えているっていうのさ。幼馴染に『奴隷の首輪』を着けて連れまわすイケない関係ってだけだろ？」

「全然違いますっ！」

強めに否定の言葉を口にしたのはアイネだ。まあ、さすがに事情を知らないラルハに察しろ、というのは無理な話ではある。

ただ、僕としては少し思うところはあった。

「この首輪については少し事情があって……そう言えばラルハさん、色んな国を渡り歩いていますよね？」

「あん、そうだねぇ。ここに戻ってくるのはそれこそ久しぶり、くらいだけどね。それがどうかしたかい？」

「ええ、『帝国』の方にも行かれたのかな、と」

「帝国？　隣国のかい？」

「はい、そちらの方でも仕事をしていたのではないかと」

「ちょっと、リュノア……」

「大丈夫だから」

小声で僕を咎めるような口調で話すアイネに、僕は答える。

——ラルハは冒険者として、色んなところを旅している人物だ。僕が彼女と出会ってパーティを組めたのは奇跡的、とも言えるだろう。

たまたま、ラルハがこの辺りに留まり仕事を続けてくれたからこそ、冒険者として学ぶことができたのだから。

そして、一緒にいたからこそ彼女という人物を知っている——少なくとも、ラルハという冒険者は、僕達の状況を知ったからと言ってどうこうするような人物ではない。

たとえば、帝国側に情報を売ったりするような、そんな人ではないのだ。

それでもアイネが気にするかもしれないから、一応は遠回しに話を聞いてみることにする。

「そうだね、最近まではそっちの方で仕事をしてたよ。それがどうかしたかい？」

「いえ、そっちの方で……たとえば緊急の案件で人探しの依頼が出ている、とか」

「人探し？　なんだい、あんた……帝国で悪いことでもしたのか——って、そうならとっくにあたしが知ってるね。そういう話は聞いたことはないよ」

僕の問いかけに、ラルハは即答した。それを聞いて、一先ずは安心する。

「そうですか。それなら、もう一つだけ聞いてもいいですか？」

「ん、なんだい？」

「この首輪、外す方法とか分かりませんか？」

「！」

アイネがまた、驚いた表情で僕を見る。……そこまで詳しく話すつもりはないけれど、やはり聞けるだけのことは聞いた方がいいと判断した。

それこそ、ラルハは色んなところを見て回っている。

こういった奴隷に着ける首輪についても、どこかで聞いたくらいのことはあるかもしれない。

「それはまたおかしな質問だねぇ……まさか、遊びで着けて外せなくなった――なんて、バカな話をしてるわけでもないだろうね？」

ラルハの問いに、僕は思わず苦笑する。

「ははっ、それならまだよかったかもしれないんですけど」

「……何か事情があるってことだね。まあ、別に深く聞きはしないよ。アイネとか言ったかい？　ちょっとこっちに来てみな」

「……わ、分かりました」

アイネが少し不安そうな表情を見せたが、僕が促すとラルハの前に立った。

ラルハが目を細めて、アイネの首元を見る。そっと首元に手を伸ばして、撫でる。

「んっ」

わずかにアイネが声を漏らして、我慢するように口元に手を当てる。

ラルハがしばらくアイネの首輪を確認した後、

「なるほど、随分と珍しい物を着けてるみたいだが……あたしに外し方は分からんね」

肩をすくめて、そう答えた。

「……そうですか」

「まあ、外し方が分かるかもしれない奴なら知ってるけど、そいつもこの辺りにはいないからねぇ」

「！　分かる人を知っているんですか？」

「んー、こういうタイプの魔道具を作るのが趣味の奴だから、ひょっとしたらだけどね」

そういう人物の知り合いがいるというのはありがたい話だ。さすがに、この辺りに住んでいるわけではないようだが。

「あ、あの……！　と、とりあえず、もう撫でるの、やめてもらってもいいですか……!?」

そこでようやく、アイネが抗議の声を漏らした。

僕と話している間も、ラルハはずっとアイネの首元を撫でていたという事実に、僕は気付くのが遅れていた。

「おっと、すまないね。可愛らしい反応するもんだから、思わずずっと撫でちまったよ！　あっはっは！」

悪びれる様子もなく、ラルハは大声で笑いながら言う。

アイネは少し睨むようにラルハを見ていたが、僕はそんな様子を見て思わず苦笑する。

以前、一緒にパーティにいた頃と変わらない彼女が、そこにいたからだ。

それから、僕とアイネはラルハと共に、町の方へと戻ってきていた。今日の仕事は『ディー・オーク』の討伐——それも、すでに終わってしまっていたのだから仕方ない。

「おー、この町も変わらんね」

「王都だって、そんなに変わりませんよ」

「そうかい？　あんたはそもそも都の方には行かないんじゃないのか？」

「仕事があれば行きますって。この前も行ったばかりですし」

「ほう、そうなのかい。ま、あれをあんたが倒そうってんだから……相当な実力はあるってことだろうね」

ラルハがにやりと笑みを浮かべて、僕を見る。彼女もまた、以前にも増して強くなっていることは、戦いを見ていなくても分かる。

「『ディー・オーク』についてはラルハさんに依頼も全て引き継いだことにしますよ」

「あー、別にいいさ。あんなの手柄でもないし、興味もないからね」

「そういうわけには……冒険者のランクにも影響することですよ」

「リュノアはもうSランクなんだから、関係ないじゃない」

ここで不意に言葉を挟んだのは、アイネだった。少し不機嫌そうな表情を見せて、視線も逸らしたまま。町に戻って来た辺りから、ずっとこんな感じだ。

「ほーう、リュノア。あんたもSランクなのかい？」

「！　あんたも……？」

アイネが少し驚いた声で言った。

僕が一緒にパーティを組んでいた時には、すでにAランクだったのだから、別におかしな話ではない。

「じゃあ、ラルハさんもそうなんですね」

「お互い名は聞かないね――まあ、活動の拠点が違うから仕方ないね」

同じ冒険者であっても、世界は広い。

僕のように活動拠点の限られている冒険者であれば、その名は隣国まで届くかどうか怪しいところではある。

『二代目剣聖』という呼び名も、それこそこの国だからこそ広まっている呼び名であると言える。――『初代剣聖』は、僕と比べれば当然のように広く知られているが。

「まあ、あたしがSランクに昇格したのは最近のことでね。あたしには少し荷が重い評価ではあると思ってるけどさ」

「そんなことはないですよ。ラルハさんの実力なら、Sランクでも納得します」

「あはは、世辞はいらんよ。でもまあ、まともに働かない奴も多いからね。稼ぐだけ稼がせてもらってるよ。あたしのことはともかく、あんたがそこまで成長してたとはねぇ！」

「ちょ、痛いですって」

僕の頭を撫でているつもりなのか、わしゃわしゃと手で僕の頭を振る。相変わらず力が強い。

「……」

そんな中、アイネが不意に前に出て、早足で自宅の方へと向かい始めた。

思わず、彼女に問いかける。

「アイネ？　まだ方向が――」

「二人で行ってきて。少し疲れたから」

アイネはそれだけ言い残すと、そのまま振り返ることもなく立ち去ってしまう。……このくらいでアイネが疲れるとも思えない。ひょっとしたら、体調が悪かったのだろうか。

「あっはっは、少しいじわるしすぎたかねぇ」

「？　ラルハさん、アイネに何か？」

「あんたはその辺り全く成長してないね。まあ、いずれ分かるさ。じゃあ、『ディー・オーク』の報告は任せたよ。あたしは先にあんたの家にお邪魔させてもらうからね」

「！　家に、ですか？」

「おっと、迷惑なら行かないよ」

「いや、そんなことはないですが……さっきもアイネが――」

「だから、そのアイネと戯れてこようって話さ。あんたはささっと報告して戻ってきな」

ラルハはひらひらと手を振って、去っていったアイネの後を追う。……一応、家主は僕なのだが、まあいいだろう。

僕は冒険者ギルドの方へと向かう。『ディー・オーク』の素材で買い取られるところは少なく、今回は討伐した証として肉体の一部を持ち帰っただけだ。

ギルドへ到着して早々、僕は受付へと向かう。

「『ディー・オーク』の討伐報告をしにきたんだけど」

「！　さすがSランク冒険者のリュノア・ステイラーさんですね！　これで森の方も安泰です」

受付の女性にそう言われて、僕は苦笑いを浮かべた。倒したのは僕ではない――やはり、依頼でもらったお金だけでもラルハに渡すべきだろう。

『ディー・オーク』自体は倒すつもりだった……と言うよりは、アイネが倒すつもりだったのかもしれない。

そう考えた時ふと、先ほどまでの彼女の態度に合点がいった。

「……なるほど、だから機嫌が悪いのか」

戦うつもりだったのに、それを邪魔されたのだからアイネの機嫌も悪くなるかもしれない。何せ、仕事に行く前から彼女は随分と気合が入っていた。

……もう少ししたら、別の依頼にも行くようにしよう。

そう心に誓い、僕は不機嫌になったアイネの機嫌が取れるようなものを買うため、しばらく町中を散策することにした。

＊＊＊

アイネは一人、早足でリュノアの自宅へと戻っていた。だが、しばらく歩を進めると、不意に足を止めてため息をつく。

（はあ……何をやってるんだろ、私）

とても分かりやすく、アイネはリュノアに対して態度を露（あらわ）にしていた。主に、ラルハとの関係について、だ。

別に二人は悪いことなどしていない。むしろ、あの程度のことで苛つきを見せたアイネの方が悪い……そんなことは、言われなくても分かることだ。

（みっともないけど、何か、嫌なんだもん……）

そこにいたのは、アイネの知らないリュノアであった。再会したリュノアはすでに、アイネの実力を遥かに上回る剣術を見せてくれた。今では『Sランク』の冒険者として、活躍もしている。

アイネはそんなリュノアに救われて、ここにいる。

――元々、彼のことが好きだったのだ。

再会して、短い期間でも一緒に過ごして、その気持ちを再確認した。だから、そんなリュノアに少しでも追い付きたくて、役に立ちたくて……気持ちが少し焦っている。

だから、仕事も終わらせて、その上アイネの知らないリュノアのことを知っているラルハの登場に、アイネはどうしようもなく苛立ちを見せた。

できる限り、彼女に対しては失礼のないようにしたつもりだが、きっと伝わってしまっただろう。

（……最低よね、私――）

「なーにしてんのさ！」

「うひゃあ!?」

不意に背後から声を掛けられ、そのまま服の隙間から胸まで手が入ってくる。振り返ると、そこにはラルハの姿があった。

「ラ、ラルハさん……!?」

「おー、着痩せするタイプかと思ったけど、これはこれでいいサイズの胸だな」

「んっ、ちょ……な、何を……！」

「あっはっはっ、軽いスキンシップみたいなもんさ。あんたみたいな可愛い娘もタイプでね」

「な、何を言って……んっ」

思わず、声が漏れる。

下着すらもするりと抜けて、ラルハの手は直接アイネの胸に触れていた。少し乾燥して

冷たい彼女の手がアイネの乳首に触れると、わずかに身体を震わせる。

通りすがりの人も、そんなアイネとラルハの姿をちらりと見ていた。

アイネはカァッと顔が熱くなる感じがして、声を押し殺して抗議の声を漏らす。

「や、めて……！　怒るわよ……!?」

「おっと、悪いね。怒らせるつもりはないんだ。本当に軽いスキンシップさ」

そう言って、するりとラルハが手を抜く。

あと少し続けられていたら、その場でへたり込んでいたかもしれない。浅く呼吸を整えながら、アイネはラルハの方を向く。

「な、なんでこっちに……？」

「んー、仕事の報告ならリュノアに任せたからね。あたしは先に休ませてもらおうと思ってさ」

「休ませてって……リュノアの家に来るんですか？」

「家主からは許可を取ってあるよ。もっとも、あんたが嫌がるなら行かないつもりだけど」

もちろんリュノアが「いい」と言ったのに、アイネが表立って嫌がることなどできない。

本当は、先ほどからスキンシップが過激なラルハのことは少し苦手であった。

アイネ自身は、騎士になってから女友達が多かったというわけではない。

むしろ、休みの日も剣の修行に明け暮れていたタイプだ――こういう手合いの対応は慣れていない。

「リュノアがいいって言ったのなら、大丈夫です。私もそっちに向かうので、ついてきて下されば」

「おー、そうさせてもらうよ」

にこりと笑みを浮かべるラルハを尻目に、アイネは小さく嘆息しながら、リュノアの家へと向かう。

ここからはそれほど遠くはない。歩き始めると、すぐ隣にラルハが並ぶ。

同じ女性だというのに、身長も、胸のサイズも彼女の方が上だ。

(リュノアって、こういう人の方がタイプなのかな……?)

不意に、そんなことを考えてしまう。思えば、リュノアの女性のタイプは聞いたことがない。

リュノアはアイネのことを「好き」だと言ってくれたが、それが果たして恋愛感情なのか――それはリュノア自身も分かっていないと言っていた。

ラルハと並ぶと、女性として色々と『負けている』のではないかと考えてしまう。

「ねえ、アイネ」

不意に、ラルハがアイネの名を呼ぶ。咄嗟のことで少し驚きながらも、アイネはラルハの方に視線を向けた。

「……何です？」

「あんたさ、リュノアのどこが好きなのさ？」

「どこって――うぇぇ？」

「あっはっは、なんだい、その反応は！」

あまりにも突然の問いかけに、何とも女の子らしくない声をアイネは漏らし、ラルハは笑い声を上げるのだった。

「ど、どういう意図があってそんな質問を!?」

「まあまあ、その話は家に着いてからしようじゃないか。さ、行った行った」

「あ、ちょっと……！」

アイネはラルハに促されるようにして、リュノアの自宅へと戻った。

先ほどの『発言』もあって、やや気まずい雰囲気もある。

「ほーう、ここがリュノアの家か。ま、普通の家だね」

――のは、アイネだけのようだ。

ラルハは家の中を散策するように見回している。もちろん、これと言って珍しいものがあるわけでもない。早々に飽きたのか、ラルハが椅子に腰かけた。

アイネも、その正面に座り込む。しばしの沈黙の後、話を切り出したのはアイネの方だった。

「その、さっきの話……ですけど」

「ん、あんたがリュノアのことが好きって話かい？」

ラルハは特に隠す様子もなく、はっきりとそう言い放った。

思わず、アイネの方が動揺してしまう。

「そ、そうですけど！　そんな、隠さずに言わないでくださいっ」

アイネは念のため、玄関の方を振り返る。リュノアが帰ってくる気配はまだない。

ホッと胸を撫で下ろすと、ラルハが可笑しそうに笑みを浮かべる。

「何だい？　あんた達、一緒に住んでてやることやってないのかい？」

「……？　やることって……？」

ラルハの問いかけに、アイネは首を傾げた。その様子を見てか、ラルハは小さくため息を吐く。

「そりゃあ、キスだのセックスだの色々あるだろうよ」

「!?　そ、それは……！」

　アイネは顔を赤く染めて、さらに困惑した様子を見せた。ほぼ初対面の相手から、そんなことを聞かれるとは思ってもおらず、不意を突かれた形で動揺してしまう。

「ん、なんだ、本当に何もやってないのかい？」

「や、やってます——あっ」

　ラルハに煽られるように言われて、思わずはっきりとそう宣言してしまう。していることには違いないが、アイネとリュノアの関係はあくまで、『性属の首輪』によって成立しているものだ。

　ただ、その関係であっても恥ずかしいものは恥ずかしい。赤面しながら、アイネは俯く。

　普段のアイネならば怒っているところかもしれないが、リュノアの知り合いということもあってか、そこまで強くは出られなかった。

「随分とまあ、初々しい反応だねぇ」

「そ、そもそもラルハさんが聞いたんですよ？　リュノアのどこが好きかって……」

「さ、さっきはすぐに答えられなかったじゃないか」

「そ、その質問に何の意味があるんですかっ」

　やや怒ったような口調で、アイネは言った。

明らかにラルハのペースに飲まれてしまっている——分かっていても、リュノアに関することを指摘されると、動揺してしまう。どうしようもないくらい、リュノアのことが好きなのだと、理解させられてしまうのだ。

それを見透かしたかのように、ラルハは笑みを浮かべて、

「別に意味なんてないさ。まあ、早い話……あんたがリュノアのことが好きなら、それで話は終いってことだよ」

「……？」

ラルハが口にしたのは、アイネの予想もしない言葉であった。

アイネに『リュノアのどこが好きか』を聞いているということは、少なくともラルハは、リュノアに気があるのではないか、と心の片隅では考えていた。

だから、ほんの少しの嫉妬心を抱いてしまったことは間違いない。

「何だい、あんた……あたしとリュノアがそういう関係なんじゃないかとか、疑ってたんじゃないのかい？」

そんな心を見透かしたように、ラルハが言い放った。

「——っ！　そ、そんなこと……！　少しは、あ、あります、けど……」

否定しようとして、アイネは結局頷いてしまう。

ラルハと出会ってからずっと気になっていたことだ。腹を割って話すとしたら、リュノアのいない今しかタイミングはない。

ラルハはアイネの様子を見て、また楽しそうに笑う。

「あっはっは、そうだろうねぇ。けれど、あたしとリュノアはそんな関係にないよ。しいて言うなら、元は師匠と弟子みたいな関係だっただけさ。それ以上でもそれ以下でもないよ」

「師匠と弟子……」

その言葉は、アイネにとっても当てはまるものだ。

父のいない時に、リュノアに剣を教えていたのはアイネだ。もっとも、その関係はリュノアから見れば師匠ではなく、姉弟子という感じになるのかもしれない。

リュノアとずっと一緒にいて、彼のことが好きになってしまったのは、嘘偽りのない事実である。

だから、ラルハとリュノアの関係を見て、もやもやした感覚がずっとあった。

ラルハからそう言われて、少し安心してしまっている自分にも気付く。

「だから、あたしがあいつを取るとかそういう心配はないよ。安心してイチャついてくれ」

　再び、心を読んだかのように話すラルハに、アイネは慌てた様子で答える。

「イ、イチャ……!?　別に、私とリュノアはそういう関係じゃ、ないですから」

　改めて、ラルハの言葉を否定した。

　実際、イチャつくためにリュノアと一緒にいるわけではない。

「一緒に住んでいてそんな関係じゃないって、可笑しなことを言うねぇ。嫌々、一緒にいるって言うのかい？」

「嫌々なんかじゃないです！　少なくとも、私の方は……」

　アイネがリュノアと一緒にいることが嫌なはずはない。

　だが、一緒にいる資格がアイネにあるのか――時々、不意に考えてしまうことがある。

　すでにSランクの冒険者にまで上り詰めた彼と、肩を並べて歩く権利が自分にあるのか、と。

　きっと、リュノアに言えば、間違いなく肯定してくれるだろう。それがリュノアの本心であるとも、アイネは信じたいと思っている。

　ラルハは怪訝そうな表情を浮かべる。

「んー、中々掴めないね？　それじゃあ、リュノアが嫌がってるって言うのかい？　そうは見えなかったけれどね」

「……嫌がってるというか、一緒にいる理由は、『これ』があるので」

アイネはそう言いながら、自らの首元を指差す。

『性属の首輪』——一日一回、発情させられてしまうその首輪があるからこそ、所有者であるリュノアと一緒にいる必要がある。

リュノアがアイネと共にいてくれる、一番の理由であるとも言えた。

「首輪かい？　リュノアはそれを外したがってたね」

「これがあるから、私とリュノアは一緒にいる——今は、そういう関係なんです」

首輪がなくなった後は、どうなるか分からない。その不安は、最初からあったことだ。

リュノアは優しいから、きっと一緒にいてくれる——そんなことを考えてしまう、自分が嫌だった。

だから、アイネはリュノアの役に立つことを証明し、いずれは再び剣術でも並び立つことを望んでいる。そうなることで、初めてリュノアと対等になれると考えているからだ。

「ふぅん……？　何だか、面倒くさいこと考えてるんだねぇ。けれど、なるほど——やっぱり初心（うぶ）な子だねぇ」

「う、初心？」

ラルハの言葉を受けて、アイネはまた困惑した様子を見せた。

「そりゃそうだろう。好きな男と一緒にいるなら、そういう受け身な感じじゃなくて、もっと積極的に仕掛けないとダメさ」

「せ、積極的って言われても、どうしたらいいか……分からないですし」

自信なさげに、アイネは答えた。

アイネはリュノアに隠れて、自慰行為をしてしまうこともある。首輪の効果があれば積極的になることもできるが、普段はそんな風にリュノアに接することはできない。

下手にリュノアに『えっちなことがしたい』と何気なく口にしたら、どんな反応を見せるだろう。

（や、やっぱり、引かれる、かしら……）

どんな反応が返ってくるのか、全く想像ができない。

けれど、アイネとて――受け身のままではいけないということは、少なからず分かってはいた。

アイネがそんなことを考えていると、ラルハが立ち上がってアイネの前に立ち、

「分からないなら、どういう風にやるか教えてあげようか？」

そう、問いかけてきた。

アイネは眉をひそめて、問い返す。

「お、教える……？」

「ああ、今から、エッチなことしようか」

「……？」

一瞬、ラルハが何を言っているのか理解ができなかった。

ラルハは念押しするように、もう一度言い放つ。

「だから、エッチなことしようか、って言ってるんだよ」

「……はあ!?」

ラルハの思わぬ誘いに、アイネは驚きで目を見開いた。思わず動揺して、椅子から転びそうになるほどだ。

「な、何を言ってるんですか……!?」

アイネは少し怒った表情で言った。

さすがにリュノアの知り合いと言えど、そんな誘いをしてくるなんてどうかしている。

ラルハは落ち着いた様子のまま、

「まあまあ、寝室はこっちかい？　失礼してっと」

不意にアイネの手を引いて、歩き出した。

「あ、ちょっと……！」

アイネはラルハの勢いに押されるがままだ。

ラルハの手際はよく、寝室の扉を開くと、そのまま優しくアイネのことをベッドに寝かせるような形になった。

ラルハはその隣に座り込むと、自ら付けていた装飾品の類を外し、アイネを見下ろす。

「なかなか寝心地のよさそうなベッドじゃないか」

「あの……私、そういう趣味はないんですけど……」

気付けば、寝室のベッドに連れ込まれて、押し倒されるような形になってから、ようやくアイネは絞り出すようにそんな声を漏らした。

アイネのそんな様子を見てか、押し倒した張本人であるラルハはにやりと笑みを浮かべ、

「あっはっは、別に嫌がるあんたと何かしようってわけじゃないさ」

そう、優しげな雰囲気で言った。

「な、ならエッチなことって言うのは……？」

「シミュレーションだよ、シミュレーション。リュノアのことが好きなら、自分から誘うくらいのことはしたことあるのかい？」

ラルハに問われ、アイネは考える。自分から誘った、と言うよりは、首輪の効果によって仕方なく――ということばかりだ。

「それはないですけど……と、というか、そんなことしなくたって――」

「いいわけないだろう。男と女が一つ屋根の下で暮らして、男の方が望んでいないと思うのかい？」

「！」

ラルハに指摘されて、アイネはハッとした表情を浮かべる。

リュノアとそういう行為をするのは、首輪の効果で発情した時だけだ。

その時はもちろん、アイネからリュノアに『お願い』をすることになるのだが、それ以外でリュノアと特別、性的なことをしてはいない。少なくとも、アイネから切り出したことはなかった。

「だから、その練習をしようって話さ」

「練習、ですか？」

「そう、誘い方の練習。それこそリュノアは……あんたもよく知ってるだろうけど、あまりそういう欲求を表に出そうとはしない。けど、あいつだって男さ。あんたが誘えば、十分乗り気にはなると思うんだよ」

ラルハの言うことも、分からなくもなかった。

リュノアは主張、というものをまずほとんどしない。昔から『アイネがするならする』

というスタンスで、今のアイネ以上に積極性に欠ける男の子であった。

それもあってか、アイネの方がリュノアのことを修行に誘ってばかりだったのだが。

今のリュノアにも、当てはまる部分はある。

ただ、アイネはふと疑問に思うことがあった。

「ど、どうして、ラルハさんがそんなことまで……？」

「んー、そりゃあ、仮にも以前はパーティを組んで、あたしから見たら弟子みたいなところもあるからね。その男が、あんたみたいな可愛い子と一緒にいるなら、もっと幸せになってもらいたいと思うのは普通のことじゃないかい？」

「か、かわ……!?」

ラルハの言葉に、アイネは一層、頬を紅潮させた。先ほどから、彼女の言葉に振り回されてばかりだ。

「お、また反応が初々しいねぇ。そういう感じでリュノアのことを誘惑するつもりで色々とあたしに仕掛けてみなよ。あたしがあんたを襲いたくなったら合格ってところかね」

「え、ええ……？」

ラルハの提案を受けて、アイネは困惑した。

つまり、ラルハのことをリュノアだと思って、『エッチなことをしようと誘え』、ということだ。彼女の言葉から察するに、純粋な好意でしようとしてくれているのは分かる。

——実際、アイネも考えなかったわけではない。

本音を言えば、もっとリュノアと色んなことをしてみたい。けれど、そんな要求をする立場にあるのか、という考えがいつも邪魔をする。

アイネは『騎士』として優秀ではあったが、一人の女の子としてはどこまでも未熟だ。

それでも、リュノアに対してではなく練習、という意味でなら——やってみよう、という気持ちにはなった。

だが、何をどうすればいいのか、アイネには分からない。

「えっと……誘う時って、どういう感じで話せばいいんですか？」

「何だい、一度も誘ったことがないのかい？」

「そ、そういうわけじゃ……でも、言われると分からなくて……」

首輪の効果が発動している時は、アイネも必死である。自然な流れのまま、リュノアと行為に及ぶことになるが、素面のままではどう話していいか、いまいち掴めなかった。

ラルハは少し考えるような仕草を見せる。

「たとえば、男が興奮しそうな感じの言葉とか、思いつかないのかい？」

「興奮しそうな言葉……？　『一緒に剣の稽古をしよう』、とか……？」

アイネがそう言うと一瞬、空気が止まるような雰囲気を感じた。

ラルハは先ほどまでの雰囲気とは打って変わって、冷ややかな視線をアイネに向ける。

「……それを本気で言ってるなら、あんたマジに襲うからね？」

「っ！　う、嘘です！　嘘です！　ちゃんと考えますからっ」

ラルハの目は本気だった。

アイネは慌てて否定をするが、咄嗟に思い浮かんだ言葉がそれだったのだから仕方ない。

実際、色恋沙汰などアイネにとっては縁遠いものであった。

もちろん、いずれはリュノアと一緒になりたいという気持ちはあったが、その前に剣士として一人前になる、というのが彼女の目標だったのだから。

必死に思考を巡らせて、アイネは絞り出すように言う。

「きょ、今日はエッチなことがしたい気分かなぁ、なんて……」

ちらりとラルハの方に視線を送る。アイネの誘いに対して、ラルハの表情は一言で言えば、『無』であった。

「あんたさぁ、子供じゃないんだから」

ラルハが呆れた様子を見せる。

「……っ！　そ、そんなこと言われたって……」

やはり、考えても簡単に浮かぶものではなかった。

「切り出す方法は、別に『押し倒す』でも何でもいいんだよ。もっと自分の身体を生かして誘ってみなって」

「こ、こうですか？」

アイネは促されるままに、胸元は少しさらけ出すように、そしてスカートもまくり上げるような格好を取る。恥ずかしさで赤面してしまうが、その姿を見たラルハは頷くと、

「そういう感じだよ！　少し襲いたくなってきたね！」

親指を立てて答えた。

嬉しそうな表情を見せるラルハに対し、アイネはやや引き気味の様子を見せる。

「発言がさっきから怖いんですって！」

「あっはっは、本当にあんたを襲うと、リュノアが怒るだろうからねぇ。けれど、あたしが『少し』って感じるくらいじゃダメだよ。もっと刺激的に誘わないと」

ラルハに言われて、アイネは流されるがまま考える。

「じゃ、じゃあ、こういう感じ、とか……？」

今度は四つん這いになって、服の首元を引っ張るような姿を見せた。

ラルハがうんうん、と頷いて笑顔を見せる。

何をやっているんだろう――そんな疑問がアイネの頭の中に出てくるのは、それからしばらく経ってのことであった。

＊＊＊

僕はしばらく町中を歩いて回って、ようやく家路につくところだった。

最近、アイネが気に入っているパン屋がある。そこに立ち寄って、いくつかパンを購入した。

これなら、きっとアイネも喜んでくれるだろう。自宅の前に着くと、丁度ラルハが家の中から出てくる。

「お、リュノア。やっと戻ってきたのかい？」

「すみません、戻るのが遅れてしまって――って、もう帰られるんですか？」

「んー、少し休ませてもらったからね。ああ、それと……アイネちゃんならもう機嫌は直ってるからさ」

「！」

（……少し帰るのが遅くなったかな）

どうやらアイネの態度については、ラルハも気付いていたようだ。

そして、彼女の言葉から察するに、アイネはやはり機嫌が悪かったらしい。もう、良くなっているとのことだが。買ってきたパンの意味がなくなってしまったが、それはそれで喜んでくれるだろう。

「それじゃ、しばらくここに滞在するし、また明日にでも会うかもね」

「ああ、それならさっき『ディー・オーク』を討伐したお金——」

「それはいらないって話したろ？　何か必要であれば言うからさ」

ポンッと肩に手を置いてそう言うと、ラルハはそのまま背を向けて去っていく。彼女らしいと言えば実に彼女らしい——何か目的があってこの町にやってきたのだろうが、結局あまり詳しい話はできなかった。

だが、しばらくこの町に彼女も滞在すると言っていたし、また話す機会もあるだろう。

アイネも待っていることだろうし、僕は早々に家の中へと入る。

すると、すぐにアイネが出迎えてくれた。

「おかえり、リュノア」

「ごめんアイネ。戻ってくるのに少し時間がかかった。ラルハさんとはそこで会ったよ」

「うん……」

先ほど、『アイネの機嫌は直った』とラルハは言っていたが、どこか態度にぎこちない雰囲気がある。ラルハと話しているうちに打ち解けただけで、僕に対してはまだ怒っているのかもしれない。

そう思って、買ってきたパンの袋を差し出す。

「アイネの好きなパン、買ってきたからさ。えっと、これで――」

「リュノア」

僕の言葉を遮って、アイネが僕の名を呼ぶ。何やらいつもと違う雰囲気を感じさせる彼女は、僕の前にゆっくりとやってくる。

「……アイネ?」

「パン、ありがと。後で食べるから……ちょっと、こっちに来てくれる?」

「あ、ああ……」

アイネが僕の手を引く。そうしてやってきたのは寝室――まだ寝るには早い時間だが、一体どういうつもりなのだろうか。

「どうしたんだ?」

「えっと、ね。私と、リュノアって……この、首輪がないと、そういうこと、しないじゃない?」

アイネが首元に触れながら、そんなことを切り出した。

『そういうこと』というのは、アイネの『性属の首輪』による『発情』のことを指しているのだろう。

「そうだね。今日は朝にしたし、もう大丈夫だと思うけど」

「それはそうなんだけど……そうじゃなくて、ふ、普通にしたいとか、思わない？」

「え？」

アイネの言葉に、僕は思わず驚きの声を上げる。

見ると、アイネは顔を赤くしている。視線を逸らすようにしながら、それでも胸元の服を引いて――誘うような姿を見せていた。

すぐに、頭の中にラルハの存在が思い浮かぶ。僕がいない間に、アイネに何か吹き込んだのか。

「リュノアがしたいって思うなら、わ、私……しても、いいんだけど……」

いざ誘ったかと思えば、今度は萎縮するように声が小さくなっていく。

急に自信がなくなってしまったようだ。そのまま、俯いて黙ってしまう。

僕から見ても、アイネが相当、無理をしているというのが分かった。

僕はそっとアイネの手を引いて、ベッドに座らせる。

「一先ず落ち着こうか。どうして、そんな話に？」

「それは……」

「ラルハさんに何か言われたのか？」

「っ、別に、言われたからどうってわけじゃなくて。えっと……ああ、もうっ！　せっかく練習したのにっ！」

今度は癇癪を起こしたようにアイネが声を上げた。

その言葉に、僕は首を傾げて尋ねる。

「……練習？」

「そうよ。だ、だって……二人で一緒に暮らしてて、首輪で発情させられた時だけ……えっちなことをするのって、何か、そのためだけに一緒にいる、みたいじゃない」

「！　僕はそんなこと、思ったことはないよ」

「リュノアは思わなくても、私は思うの！　今日だって魔物は倒せなかったし……」

「やっぱりそれを気にしてたんだ」

「当たり前でしょ――って、その話はいいのよ。リュノアは私としたいの！　したくないの!?　どっち!?」

雰囲気も何も感じられないような、そんなアイネの問いかけに、思わず吹き出してしまいそうになる。

　けれど、アイネの表情は真剣だ。——『したい』か『したくないか』で聞かれれば、僕の答えは一つしかない。

「それはもちろん……したい、かな。僕はアイネのこと好きなわけだし」

「——っ！　そ、そういうことなら、それでいい、のよ」

　僕の答えを聞いて、顔を真っ赤にして俯くアイネ。そういう反応をされると、答えた僕の方も恥ずかしくなるのだが。

「そ、それじゃあ、さ。し、しても、いいよ？　リュノアの、好きなこと」

　最初に戻ったように、アイネが再び僕のことを誘う。

　まだ日が沈む前だというのに、ムードも何もない状況で——けれど、アイネが求めてくれるのならば、僕はそれに応えることにした。

　アイネを押し倒すような形で、ベッドに横にならせる。僕のことを誘ったのは彼女の方だが、恥ずかしいのか、視線は逸らしたままだ。

『性属の首輪』の効果なしに、こうしてアイネと行為に及んだことはない。仰向けに倒れたアイネの服を捲り上げて、肌に触れる。ピクリと、わずかに身体が震えた。

「んっ」

僕はゆっくりと服を捲っていく。

アイネの下着が露になった。まずは、下着の上からアイネの胸に触れる。大きいとは言えないが、女性らしい膨らみのある胸を揉むと、アイネが恥ずかしそうに身動ぎする。

その反応を楽しみつつ、僕はアイネのお腹を撫でるようにしながら、胸を揉んだ。

相変わらず声を出すのは恥ずかしいようで、下唇を噛むようにしながら、彼女は耐えている。

お腹を撫でるだけでも、時折大きな反応を見せた。特に、へその辺りに指を入れるようにすると、

「ふっ、そこは……やだっ」

嫌がるような素振りを見せて、アイネが僕の手首を掴む。

抵抗する力は弱々しい。首輪の『発情』の効果がある時とは違い、今のアイネには抵抗しようと思えばできる力はあるはずだ。

本気の抵抗はしていない。だから、僕はそのまま『アイネの嫌がること』を続ける。

抵抗する素振りを見せるほど、それがアイネにとっては『気持ちのいいこと』だと、伝わってくるからだ。

アイネの背中に手を回して、下着を外す。直に見えたアイネの乳房には、すでに硬く突

起した桃色の乳首がある。

「まだ直接触れてもいないのに、揉んだだけでこうなったんだね」

「い、言わないでよ。別に、期待してなんか……ふぁ!?」

アイネの言葉を待たずに、僕は胸元から乳輪の辺りを撫でるようにして触れる。

そっと力を入れるようなことはせず、爪で撫でるような感じだ。

アイネがベッドのシーツを強く掴み、耐えようとしているのが分かる。

小刻みに震える彼女に、不規則な刺激を与え続ける。乳首には直接触れないように、胸の全体から乳輪を撫でると、だんだんとアイネの呼吸が荒くなってくるのが分かった。

今まで視線をわざと逸らしていたアイネだが、だんだんと視線が泳ぎ、時折胸元辺りをチラチラと確認している。

何か言いたげなことはすぐに伝わった――それが分かっていて、僕は同じことを続ける。

乳首に直接は触れずに、それでも胸を刺激する。アイネは我慢をするが、我慢強いタイプではない。恥ずかしさで顔を赤くしているが、やがてアイネの方から呟くように、口を開く。

「……周りばっかりじゃ、んっ、なくて……直接、触ってよ」

「よく聞こえないよ。アイネ、はっきり言ってくれないと」

「……っ」

本当は聞こえているが、僕はアイネに対してそう答える。やや怒ったような表情を見せながらも、アイネは再びその言葉を口にする。

「だから……っ、ち、乳首も、直接触ってってば」

「アイネが触ってほしいってこと?」

「……そうじゃなくて、リュノアだって、触りたい、でしょ?」

「僕は別に、アイネの反応が可愛いから、このままでもいいよ」

「んっ、何よ、それ……っ」

キッと睨むような表情を見せるアイネ。

僕は正直、アイネに対しては『焦らす』ことを楽しんでいる。

普段は素直ではない彼女は、『発情』させられているときは驚くほど素直になる。

今は、その『過程』を楽しむことができる絶好の機会なのだ。

繰り返すように胸のあたりを撫でまわす。再び、へその辺りを弄ると、アイネの身体が小さく跳ねた。

「やっ……いきなりは、ダメだって……っ」

「アイネはへそを弄られて感じているの?」

「そんな、こと……ないっ」

「じゃあ、いくら触っても平気かな？」

「……っ、リュノアが触りたいなら、触ればいい、じゃない」

少し煽れば、アイネはこういう態度を取る。だから今度は執拗に責めることにした。

ただ触れるのではなく、力の緩急をつけながら、指の腹で撫でたり、爪で掻いたり——

面白いくらいに、アイネは反応してくれる。

「んっ、ふっ、ふぅ……な、んで、へそばっかり……！」

「アイネが触ってもいいって言ったからだよ」

「だ、だからって……んあっ！　お、同じところ、ばかり……！　ひっ」

同じところを責めるからこそ、だんだんと効果が出てきているのが分かる。僕の指から逃げるように、アイネが腰を浮かしてわずかに移動した。

そのタイミングを見計らって、僕はわざとアイネの乳首に触れた。

すると、アイネが驚くような声を漏らす。

「ひうっ!?」

「どうしたの？」

「……な、何でもない……っ」

予想もしていなかったタイミングでの刺激に、アイネは驚きを隠せなかったようだ。

もっと焦らしてみたいけれど、そろそろ僕もアイネの可愛らしい声が聞きたい。そんな気持ちが強くなってくる。

だから、胸元あたりを撫でるようにしていた指で、アイネの乳首に直接触れる。

「んぃ……っ、ふぅ……！」

ぴくん、とアイネの胸のあたりが小さく震える。彼女が期待していた刺激のはずだが、その刺激が強すぎるのか——アイネはすぐに胸を守るように手を置いた。

「アイネ、手が邪魔だよ」

「わ、分かってるわよ。ただ、ちょっとくすぐったいから……我慢できなくて」

言い訳をするアイネ。このまま無理やり手を押さえてもいいのだが、それでは色々なところを責めるのが難しくなる。

そう思っていると、部屋のテーブルの上に包帯が置いてあるのが見えた。

僕はそれを見て、アイネに一つ提案をする。

「アイネはくすぐったくて我慢できないだけなんだよね？」

「そ、そうよ。反射的に、守っちゃうだけ」

「それならさ。そこの包帯で、手とか縛ってもいいかな？」

「！　手を縛る、の……？」

アイネが少し不安そうな表情を見せる。

今まではある程度自由だったが、両手とも縛られてしまっては、このあともずっと満足に抵抗できなくなる。それが分かっているからだろう。

「もちろん、アイネがいいなら、だけど」

「リュノアがしたいのなら、そうすれば？　わ、私は平気、だもん」

強がって見せるアイネの答えを受けて、僕は包帯を手に取る。

今度は、アイネの動きを制限してから焦らすことにした。

「痛くはないかな？」

「……ん」

相変わらず視線は合わせてくれないが、アイネは小さな声で肯定するように頷く。頭の上で両手首を包帯で結び、ベッドの木枠に括り付けるようにして拘束した。

アイネが確かめるようにして、腕に力を込めているのが分かる。……包帯というものは意外と頑丈で、生半可な力で千切れるようにはなっていない。

「今なら、何をしても抵抗できないかもね」

「っ、へ、変なことはしないでよっ」

この状況になって、アイネがそんなことを口にした。手を縛られるところで受け入れておいて、『変なこと』というと、彼女にとってはどういうことを指すのだろうか。

「やったらダメなことは、教えてくれたらしないよ。アイネが本当にされたくないことならね。何かある？」

「そ、それは……」

僕が問いかけると、アイネが視線を泳がせて言い淀む。考えがあって口にしたわけではないのだろう。

わざと威嚇するような言い方をするのは、アイネらしいとも言える。けれど、その方が僕からすれば、興奮する。

僕の知るアイネという女性は――誰よりも強い人であった。

それは、僕が勝手にそう思っていただけだということは、すでに分かっている。

アイネは強くても、当たり前のように脆さも持っている。それが今の僕から見た、彼女という存在だ。

だから、僕はアイネにできる限り優しくするつもりでいる。今だってそのつもりもある。

だが、こういう状況になると、どうしても意地悪をしたくなってしまう。

「嫌なことがあったら、すぐに言ってほしい。すぐにやめるからね」

「……っ」

念押しするように伝えて、アイネの身体に触れる。

初めに手を伸ばしたのは、彼女の耳元だ。あまり触れることのない場所で、アイネも予想外だったのか――首をすぼめるようにして抵抗する。

わずかに、アイネの表情が揺らいだ。

けれど、アイネは特に拒絶の言葉を発することもなく、

「……っ、ん……」

ただ受け入れるように、小さく息を吐く。滑るように柔らかい肌に触れながら、僕はアイネの耳の穴を撫でるようにして、指を入れる。

やや嫌がるような素振りを見せるが、それでも彼女は黙ったままだ。

中指をそっと耳の穴に入れて、耳の裏を薬指で撫でる。小指で首筋を撫で上げると、アイネが唇をわずかに噛むようにして我慢しているのが分かった。

――僕はアイネに意地悪をしている。アイネが勇気を出して誘ってくれたのは分かっているし、だからこそ、僕の言葉を聞いて彼女が拒絶の言葉を口にするとは思っていないからだ。

僕が『嫌なことがあればやめる』と言い切ったからこそ、アイネは拒絶することはない。

そもそも、彼女が僕の『好きなこと』をしていいと誘ったのだから。

今、僕はアイネに対してやりたいことを、ただ続ける権利を持っていることになる。

嗜虐心（しぎゃく）というものがそそられる、とでも言うべきだろうか。

僕にもそういう気持ちがあったのだと、アイネが教えてくれる。

耳から手を離すと、今度は両手でそれぞれ、彼女の二の腕辺りに触れる。肌を撫でられるのは弱いらしく、拳を握り締めるようにして、不意に力を込めたのが分かった。

「んふっ……ゃ」

「ここは嫌かな？」

「べ、つに……」

僕の言葉に対して、アイネの態度は変わらない。二の腕から腋にかけて撫でるようにすると、彼女が大きく息を吐いた。

「ふぅう……っ」

「アイネは、やっぱり素肌を撫でられるのが苦手だよね」

「そんな、こと……ないっ」

僕が煽れば、アイネはそれを否定する。

僕は思わず笑みを浮かべて頷くと、もう一度彼女の二の腕に触れた。

「じゃあ、もう一回やってもいい？」

「す、好きにすれ――ひあっ!?」

予想していなかった刺激なのか、アイネが大きく声を漏らして、やがて恥ずかしそうにしながら顔を逸らした。

アイネの答えを聞く前に、今度は少し早めに撫で上げる。

そんなアイネの頬に再び触れて、

「顔を逸らしてばかりだね。……僕のことは、あまり見たくないのかな」

「！　そうじゃなくて、ただ、その、恥ずかしい、から……」

アイネは動揺しながら、消え入りそうな声で言う。

素直に答えてくれる彼女だが、もちろん――そんなことは分かっている。

分かっていて、僕はアイネに聞いているのだ。

純粋で、素直で、恥ずかしがり屋なのに……それでも僕のために頑張ってくれている彼女が、どこまでもいじらしくて可愛らしい。

僕も、だんだんと我慢できなくなりそうだった。

「じゃあ、僕のことは見ていてほしいな。僕も、アイネの可愛い姿を見ていたいから」

「か、可愛いって、言わないでよ」

「アイネは可愛いよ」

「や、やめてってば」

少し怒るような表情で、アイネが睨んでくる。

そんな表情しても可愛らしく、僕は思わずくすりと笑ってしまう。

「そんな表情しても、今は抵抗できないからね」

「わ、分かってるわよ。別に、こんなことしなくたって、抵抗する気もないし。リュノアの、好きにしていいんだから」

「うん。それじゃあ、今度はもう少しだけ、激しくしてもいいかな？」

僕の問いに、アイネは答えない。

けれど、それが肯定の意であることは、僕も当たり前のように理解していた。

「んあっ、ぅ、ぁ……」

アイネが必死に声を押し殺しながら、身を捩る。

先ほどまでの焦らすような触れ方とは違う――今度は、アイネの秘部を直で撫で回すように触れていた。前戯の段階で、すでにアイネの膣からは愛液が溢れている。

「……期待してたのかな？」

「ち、がぁ……ふぁっ。い、言わない、でぇ……」

ぶんぶんと首を振るようにして、アイネが涙目で訴える。否定をする姿も、耐える姿も
——実に可愛らしい。

僕から見てもアイネは負けず嫌いだが、こうなってくるとどうやら耐えられないらしい。

呼吸を荒くしながら、腰を浮かせて僕の手から逃げようとしているのが分かる。

けれど、両手が拘束された状態では、満足に逃げられないようだ。

今までは無理やり『発情』させられた状態のアイネを早くイカせることに集中していた。

今していることは、ただアイネを気持ちよくさせるという行為。

だから、すぐに達してしまうような触り方はしない。

焦らすように、焦らすように……濡れた秘部を刺激するように撫で続けると、だんだん
アイネの声が大きくなっていく。


「んっ、ふぅ……！　も、もう、いいでしょ!?　は、早く、してよ……」

「何を？」

「な、何って……んあっ」


僕が問いかけても、アイネがすぐに答える様子はない。

もっとも、答えたところですぐに終わらせるつもりはないけれど。

撫でれば撫でるほど、徐々に反応が大きくなり、震える身体の感触が伝わってくる——

その感触が、僕の手によってアイネを『気持ちよくさせている』ということを実感させてくれる。

どう触ればもっと大きく反応してもらえるだろうか。頭の中では、そんなことばかり考えていた。

もっとアイネの可愛らしい姿が見たい。

「ん、んっ、ふぅ……あっ、な、撫でるだけじゃ、なくてぇ……！」

「どうしてほしい？」

「な、ナカに、挿れて……っ」

「入れてほしいの？」

「んっ、うんっ」

ようやく、アイネが素直に頷いた。

先ほどまでは抵抗するような素振りを見せていたが、気付けば僕の指に身を任せるように脱力している――それでも、撫でれば撫でるだけ、ビクリと大きくアイネの身体は反応する。

アイネはもう素直になった。けれど、まだ先に進めることはしない。

「う、ぁん！　な、なんで……！　もう、挿れて、いいって……！」

「アイネ」

「！　な、なに……？」

「今の君は自由の利かない状態なんだよ。それを決めるのも、僕の匙加減だ」

「そ、それって……」

「『まだ』だよ。僕は、アイネの可愛い姿が見たいからね」

「っ、可愛くなんか、ない……よぉ。恥ずかしい、からっ」

触られて、無理矢理感じさせられている——その状態が、アイネにとってはどうしようもなく恥ずかしいことらしい。

それが理由なのか、あるいは興奮しているからなのか……彼女の頬は紅潮していた。緩急を付けるように、秘部を撫で上げる。

時折、膣の入り口を指でなぞると、クチュリと愛液の音が部屋に響き渡る。その音が鳴るたびに、恥ずかしそうに唇を噛む。

だが、その姿とは反対に——アイネの膣からはより一層、愛液が溢れ出してくる。動きを封じられて、焦らされて、その方がアイネは興奮している。

口で否定しても、身体はそれを正直に教えてくれる。

先ほどまでは逃げるように腰を浮かせていたのに、今では僕の指を膣内に入れようとしているのか、突き出すような動きを見せる。

僕はあくまで優しく撫で続けるだけだ。

「は、激しくするって、言ったっ！」

不意に、アイネが怒ったような声で言う。

僕が先ほど言ったことについて触れているのだろう。

「確かに、少し激しくするって言ったね。じゃあ、少しだけ、ね」

アイネの気持ちに応えて、僕はそっと膣の中に指を入れ込む。

アイネがビクリと大きく身体を震わせた。アイネの膣内は、指に吸い付くような感覚がある。

しっかりと愛液で濡れた今は、それでも滑るように指を動かすことができた。指の腹で肉を撫でるようにすると、アイネが全身に力を込める。

「んぅううぅっ……！」

きゅっと目を瞑り、強すぎる快楽に耐えているようだった。

再び奥に指を入れて、また膣内を撫でる。

「はあぁぁ……っ、うあっ」

今度は、吐くような喘ぎ声を上げる。

動かすたびに違った反応を見せるアイネ。

——少しと言ったけれど、ここで激しくしたらどうなるのだろう。

そんな気持ちが、僕の中に生まれていた。

「あっ、んっ、んあぁっ」

僕が指を動かすたびに、アイネの嬌声が響く。

すっかりと愛液に濡れた秘部は、動かせば動かすほどさらにクチュクチュと音を立てる。

彼女は今、僕の指で感じているというのがよく伝わってきた。

彼女は自身を拘束する包帯を強く握り、逃げようとして腰を浮かせる。

逃げられるはずもないのに、そんな抵抗を繰り返すアイネが、とても可愛らしく見える。

いや——そもそも、アイネはとても可愛らしい女の子だ。

こういうことを伝えるとアイネは怒ったような表情を見せる。だから、今みたいなときにしっかりと伝えておかないと。

「やっぱりアイネは可愛いよ」

「っ!? ん、ふっ、また、そんなこと……っ」

「乱れてるアイネの姿、本当に可愛いんだって。僕にしか分からないことなのかな」

「しら、にゃひっ……!?」

アイネが話そうとするときに弄る力加減を強めると、ビクリと大きく反応しながら、呂律が回らなくなっているのが分かる。

アイネが僕のことを睨んでいるが、下唇を噛む姿は逆にそそる。……アイネはどこまで、僕の嗜虐心を刺激するのだろう。

「んひゅぅっ！　も、そんな、つよく、弄るのはぁ……！」

「アイネはゆっくりの方が好きかな？」

アイネの言葉に従い、激しく動かすのをやめて、今度はゆっくりと指を動かす。

膣内をマッサージするように。ゆっくりと指でなぞってやる。

目を瞑りながら、アイネは必死に声を圧し殺す。

「――っ！　そ、それもだめぇ！」

だが、すぐに我慢できなくなったのか、身体を起こすようにして拒絶の言葉を漏らす。

両手を広げたまま拘束されたアイネは、すぐにパタンとベッドに磔にされるように戻される。

僕はゆっくりと、アイネの膣内を指でなぞる。

「ふうぅぅ……も、もう、だめぇ、だから……」

ふるふると身体を震わせて、アイネが言う。

目に涙を浮かべて懇願する姿はとても可愛らしいが――本当に限界のようだ。

「分かったよ。無理させてごめん」

「分かって、くれたなら……へ？」

アイネの股を開くようにして、僕はズボンを脱いでペニスをあてがう。

僕も……ずっと我慢していたことだ。

「これで終わりにしようか」

「ま、待ってよ。す、するのは別にいい、けど……いまは、休憩……」

「終わったら休ませてあげるから、ね？」

青ざめるアイネに対して、僕はペニスを挿入する。

すでに十分に濡れた膣内には、勃起したペニスも簡単に入っていく。

奥まで突き立てると、アイネの腰が浮いた。

「へぅっ!? や、い、いきなりぃ……」

目を見開いて、素っ頓狂な声をあげるアイネ。

そんな彼女の頬を優しく撫でるようにして、僕はゆっくり腰を動かす。

「や、やだっ！　いまは、動かしちゃ……！」

アイネはぶんぶんと首を振って、抵抗する意思を示す。

けれど、相変わらず拘束されたままの彼女は抵抗する力もない。

散々焦らして、高まった身体には――随分と刺激が強いようだ。

我慢することも忘れて、アイネはだらしなく涎を垂らしながら、僕が腰を動かすたびに声をあげる。

「んっ、んむっ、リュノ、あっ！」

「アイネ、アイネっ！」

僕も彼女の名を呼ぶ。

求めるような彼女の表情を見て、僕はそれに応えて口づけをかわす。

舌を絡ませるようにしながら、それでも腰を動かすのはやめない。

やがて、アイネの身体が大きく震え、僕も高まった射精感が限界に達する。

ビュルル、と勢いよく、アイネの膣内に射精をする。

お互いに呼吸を荒くして、口を離すと糸を引くのが見えた。

ぐったりとしたままのアイネは、視線を逸らしながら一言。

「リュノアの、いじわる」

それを聞いて、僕はくすりと笑みを浮かべる。どこまでも彼女らしいと言えた。

もう少しだけいじめてみたくなったけれど――今日のところはこれでおしまいだ。

＊＊＊

夜――ラルハ・レシュールは一人、町の外れの草原にやってきていた。

月明かりだけが頼りになるが、それでも周囲を見渡すことは十分にできる。身の丈を超える大剣を地面に突き刺し、ラルハはとある人物を待っていた。

しばらく経つと、遠方よりやってくる人影が見えた。

「――随分と待たせるじゃないか。もう来ないのかと思ったよ」

「待ち合わせの時間は今だ。それに、今回は調査の報告だけのはずだ。それで……アイネ・クロシンテは見つかったか？」

ラルハの前にやってきて早々、男はそんな風に問いかけてきた。ローブに身を包んだ男の素顔までは、窺うことはできない。

だが、ラルハが帝国へと寄った際に、仕事の依頼を受けた相手だ。

アイネ・クロシンテという女性の捜索――それが、ラルハの受けた依頼であった。

人探しなどという仕事は、ラルハのような高ランク冒険者が受けることは少ない。

だが、たとえば表沙汰にできないような内容であれば――多額の依頼金で、依頼を受けることもある。ラルハからすれば、物のついでに受けた依頼に過ぎなかった。

問題は、この男が探しているという人物が、リュノアと共にいることである。

（全く関係ない人間なら、それこそ場所を教えて報酬をもらう……くらいはするんだけどね）

冒険者として仕事を受けたのだから当然、依頼主を裏切るようなことはしない。それが、まともな依頼主であればだが。

「その子なんだけどね。この町では見当たらなかったよ。この辺りに来た、っていう情報でもあったのかい？」

「特徴の似た女がこの町に来た、という話は聞いていたが」

「それなら、人違いだったのかもしれないね。あたしが探しても見つけられないならね」

「……そうか。ならば、次の場所を探すとするか」

男は淡々とした口調で言うと、ラルハに背を向けた。

どうやら、ラルハの言葉を信用したらしい。聞くなら今しかない――ラルハは男に向かって問いかける。

「その前にさ。あんた、どうしてそのアイネって子を探しているのさ？」

「何故、そのようなことを聞く」

振り返ることなく、男がラルハに問い返してきた。

ラルハは努めて冷静に答える。

「別に、気になっただけさ。理由くらいは別に聞いたっていいだろ？」

「……余計な詮索はするな。そのために、こうして目立たないように依頼をしているんだ」

「ま、それはそうなんだけどね。気にもなるさ」

今のラルハは、この男の味方というわけではない。

リュノアとアイネの仲を見れば分かる。あのような仲の二人を見てしまっては、それを引き裂く可能性のある相手は放っておけない。

ラルハは決して悪人ではない。真っ当に仕事をこなし、必要があれば弱者を守る――そんな女性であった。

リュノアとアイネのことを弱者だとは思っていないが、守ることができるのであれば、協力するつもりである。

「我々はアイネ・クロシンテを欲している――答えられる理由はそれだけだ。別に、彼女に対し危害を加えるつもりはない。この答えで満足か？」

「なるほどねぇ。ま、女の子一人に対して、寄ってたかるような奴らだったら、とっくにあたしが成敗してるところさ」

ラルハはやや挑発するように言い放った。

すると、男は振り返り、ラルハに対して鋭い視線を向ける。

それが、殺気に近いものであることは、すぐにラルハは感じ取った。

「成敗、か。冒険者風情が正義の味方気取りか？」

「正義の味方、なんて大それたものじゃないよ。それに、あんたは『危害を加えない』とはっきり言い切ったじゃないか。それなら、あたしはあんたらに協力するよ。さっ、次の町に向かおうじゃないか」

ラルハはそう促したが、男は動こうとはしない。

鋭い視線を向けたまま、

「……先ほどから思うに、お前は我々から何かを聞き出そうとしているな？　察するに、この町にアイネがいないというのは――嘘か？」

そう、問いかけてきた。

男の問いに、ラルハは表情を変えることはしない。

だが、相当に察しのいい相手であることに、ラルハは気付いた。

（ちっ、この程度のやり取りで勘付くとは、ちょっと予想外だったね）

ラルハの発言が『嘘』である可能性に、わずかな会話で辿り着いたのだ。

ラルハは警戒心を強めながらも、あくまで平静を装って話す。

「おいおい。あたしが嘘を吐いてるって？　冗談はよしてくれよ」

「俺は冗談など言わない。お前は先ほどから、俺に対し『何か聞き出したい』という感情が隠せていないな」

「それはつまり、あたしを疑ってるってことかい？」

「俺の仕事柄、疑うのは必要なことでな。そして、ラルハ・レシュール——お前は嘘を吐いている。『この町にはいない』と言った時に、わずかに表情が揺れたな。どんな人間にも、嘘を吐くときには、罪悪感というものが芽生えるらしい。俺は、その感情を見極めるのが得意なんだ」

男の言葉に、ラルハは眉をひそめた。その言葉が真実であれば、先ほどのやり取りにも違和感が生じる。

「……へえ？　その言い草だと、あたしが嘘を吐いていたのは、最初から分かってたみたいだね？」

「ああ、分かっていた。だが、嘘だと分かっているから、こちらで調査させてもらうつもりだっただけだ。面倒事を増やす必要はなかったのでな。お前には別のところに行ってもらい、その隙にアイネ・クロシンテを確保するつもりだった、それだけのことだ」

「なるほどねぇ。それをあたしに話したってことはさ――あんたはもう、あたしの敵ってわけだねっ！」

――瞬間、ラルハは地面に突き刺した大剣を引き抜き、振り上げた。その刃を振り下ろすのに一切の迷いはない。

ラルハは大きく一歩を踏み出し、男の脳天に向かって大剣を振るう。

だが、周囲に響いたのは金属音。男が構えたのは、直剣。

男は剣でラルハの大剣を受け止めたのだ。周囲に衝撃が響き、大気が震える。

（不意を突いたつもりだったけど、普通に防いでくるとはね）

ラルハは剣士として優れた才能を持つ――それは自他共に認めるものであり、彼女の一振りを防ぐことは、おおよそ並大抵の人間にできることではない。

大剣使いであるラルハの剣撃は、そこらの剣士よりも圧倒的に速い。大きな得物を単純に速く振るうことができる――それが、ラルハの強みであった。

その剣撃に反応し、あまつさえ受け切ることができる者は少ない――故に、この依頼者の男の実力が、ラルハと同等かそれ以上であることは、容易に想像できた。

ラルハはさらに力を込める。このまま、男を剣ごと叩き切るつもりで踏み込んだ。

しかし、拮抗は崩れない。男の足が地面を抉るほどにめり込むが、ラルハの力でも押し切ることができなかった。

「……ちっ」

ラルハは思わず舌打ちをした。これ以上、力を込めたところで押し切ることはできない
――そう、理解できてしまったからだ。

下手に踏み込めば、受け流されてカウンターをもらう可能性がある。

ラルハの判断は正しく、男もラルハの一撃を防いだまま、動きを見せる様子はない。

男の口元がにやりと笑うのが見える。

「今の一撃で、やれると思ったか？　俺も舐められたものだ」

「そうだねぇ。少なくとも、あたしはやれると思ったけど。まさか、人探しを依頼してくる奴が、こんな実力者とは思わなかったよ」

「冒険者というものは、『ランク』が上がると随分、驕(おご)る者が増えるようだな。自分達の強さこそが、絶対に揺るぎないものだと思っているらしい」

「っ！」

瞬間、男がラルハの大剣をはじき返す。

ラルハは驚きに目を見開いた。単純な得物のサイズ差もあるというのに、ラルハが力で

押し返されたのだ。

　ヒュンッと風を切る音が耳に届く。

　ラルハはすぐに後方へと下がった。

（……かわしたつもりだったけどねぇ）

　胸元にわずかな痛みと、熱くなるような感覚。出血している――それなりの量だ。

　流れ出す血液の生暖かい感覚が伝っていくのが分かった。

　ラルハは怯むことなく、剣を構える。

「やるねぇ。じゃあ、次は本気でいってみようか」

　柄を強く握り、大剣を背負うようにして、体勢を低くした。全身に魔力を巡らせて、ラルハはようやく『戦闘態勢』に入る。

　大気を揺らし、足の踏ん張りだけで地面を削り、ラルハがいつでも跳び出せる状態となったところで、

「……そうしてもいいのだが――お前を殺るには、少し時間がかかりすぎるようだ。ここは、一先ず引くとしよう」

　男はそう言うと、ラルハとの距離を取った。

　どうやら、ここで決着をつけるつもりはないらしい。

ラルハは不用意に追ったりはしない。ここで逃がすことは、ラルハにとって不利になる可能性はあったが、ここで深追いする方が危険だ——そう、判断したからだ。

男もまた、ラルハが追ってこないと見ると、その場から姿を消す。

ラルハは地面に大剣を突き刺し、大きく息を吐いた。

「……ふぅ」

戦闘態勢を解き、脱力してその場に座り込む。久方ぶりに、本気を出して戦うつもりであった。

敵対した以上は、もう一度あの男と戦うことは避けられないだろう。

「まさか、あたしの依頼の対象が、あんたの恋人だったとはねぇ」

ちらりと、ラルハは後方に広がる町に視線を送った。——知っていれば、このような依頼を受けることはなかったというのに。

「ま、今更後悔しても仕方ないことだね。さて、どうしたもんかね……」

空を見上げて、ラルハは静かに考えを巡らせた。

第二章

夜が明けると、アイネの態度はいつも通りだった。

「リュノア、今日は仕事するの？」

「いや、特に決めてないよ」

「そう。ふふっ」

むしろ、妙に上機嫌なようにも見える。

昨日、アイネと『性属の首輪』の効果に関係なく『行為』に及んだ。

僕らしくもないと言うべきだろうか。随分と、彼女のことをいじめてしまったかもしれない。

実際、終わった後は、あまり口を利いてはくれなかった。

けれど、夜になる頃には機嫌が直り、今朝方にはこんな様子だ。

彼女の気持ちは――僕には、どうやら理解できないらしい。

だが、アイネの機嫌がいいのならそれでいい。今日のところは、別に仕事について何か考えているわけではない。

すでにいくつか依頼を受けているから、後は僕の匙加減で仕事を遂行するだけだ。

昨日のように、気付けば別の誰かに仕事を取られている……ということも珍しい話ではない。さすがにあのレベルの魔物になると、かなり珍しいケースにはなってしまうけれど。

「ねえ、ラルハさんってしばらくここにいるの？」

不意に、アイネがそんな問いかけをしてきた。

彼女からラルハの名が出るとは思っていなかったので、少し驚く。

「ラルハさんなら、たぶん町にはいると思うけど……どうしたの？」

「ううん。ただちょっとお話ししたいなって思っただけよ」

僕の知らない間に、ラルハと仲良くなったのだろうか。彼女のことだから、気付けば町から離れていてもおかしくはない。

さすがに、僕には一言くらいは残していくかもしれないが。

「ラルハさんと話したいなら、後で探しに行こうか？」

「え、いいの？」

「さっきも言ったけれど、今日は別に仕事をしようってわけではないからね。ただ一応、『首輪』の効果がまだ発動していないのが気になるかな」

昨日は、朝方に起こってくれたので運がよかった、とも言える。

もちろん、それを危惧していては出かけることもままならないが、ラルハの前で起こってしまえば、詳細の説明をしなければならなくなる。

「そうね……。本当に、面倒な首輪……」

アイネがそう言いながら、自身の首元に触れる。首輪の規則性については掴めていない――というより、おそらく規則性は存在しないのかもしれない。

アイネの話を聞く限りでは、一日のどこかで発動するという状況は首輪を着けられてから、ずっと変わっていない。

一度発情状態になってしまうと、一人では立つことも困難なくらいだ。できれば、外で発情状態になってしまうのは避けたいところだけれど。

「でも、リュ、リュノアが一緒にいてくれるから、外でも大丈夫、よね？」

アイネが確認するように口を開いた。少しだけ恥ずかしそうに視線を逸らしながら、可愛らしい姿を、彼女は見せてくれる。

「アイネがそう言うなら、出かけるのは構わないよ。もちろん、僕が何とかするし」

僕も軽い気持ちで言っているわけではない。発情状態を治めるためには、僕が彼女の秘部に触れて、行為をする必要があるのだから。

「じゃあ、今日はラルハさんを探しに行きましょ。どこかの宿にいるのかしら？」

「そうだとは思うけど、ずっと宿にいるような人ではないからね。一先ずは、冒険者ギルドに向かうのが早いかもしれない。そこで聞けば、どこに向かったかくらいは分かるかも」

「冒険者ギルドね。それなら、準備しましょ！」

張り切った様子を見せるアイネに、僕は思わず疑問を口にする。

「でも、意外だね。何かあったの？」

「ん、どうして？」

「君がラルハさんにそこまで会いたがるなんて。少しの間だけど、ラルハさんと話して仲良くなれたのかな？」

僕がいない間となると、それほど長い時間ではない。自宅に戻る頃には、ラルハは家から出て行くところだった。

「ま、まあそんなところ、かしら」

「どんな話をしたんだ？」

「どんな話って――べ、別にいいでしょ！　それより、早く準備しなさいよ！」

具体的な話をはぐらかして、アイネは部屋から出て行ってしまう。女性同士の話の内容を聞くのは、マナー違反だったろうか。

昨日の感じだと、アイネがラルハに何か吹き込まれた、というのが濃厚だ。

そういう意味では、僕もラルハと少し話をしておきたいところもある。

アイネに変なことを吹き込まないように——そう注意しないと。

準備を終えた僕は、アイネと共に冒険者ギルドへと向かった。

だが、受付の女性に確認をしても、ラルハの姿を見た、という情報は得られなかった。

少なくとも、彼女がこの町にやってきてからまだ、冒険者ギルドにも顔を出していないようだ。

しばらく滞在する予定ならば、ここにやってきてもおかしくはないのだけれど。

「ラルハさん、冒険者ギルドには寄らないのかしら？」

「今の段階で来ていないとなると、待っていても来るか分からないね。あの人、場合によっては朝から飲んでいることもあるんだけど、酒場の方にもいないみたいだし」

よく、冒険者ギルドに併設されている酒場で朝方から飲み始めていることがあった。今でもそんな生活をしているのか分からないが、ラルハの性格からすると続けているだろう。

けれど、酒場にも彼女の姿はないし、目撃情報もここでは得られていない。

「どうする？　ここで待つ？」

「ここで待ってもいいんだけど、来ないと時間の無駄になるからね。町を回って、後で戻ってみよう」

「それは構わないけれど、当てはあるの？」

「ラルハさん、結構目立つからね。その辺りの露店とかで情報を得られるかもしれない」

「あー、確かに……」

アイネも納得する。ラルハが背負うのは――身の丈を超えるほどの刀身を持つ大剣だ。

それを軽々と振るう彼女の姿は圧巻だが、普段からそんな武器を持ち歩いている冒険者は少ない。

大剣は破壊力という面ではかなり優秀だが、どうしても攻撃が遅くなってしまう。それを扱えるだけの筋力、体力となると、大の男でもそうそういない。

ラルハは、そんな男でも扱うことが難しい剣を使っているのだ。ましてや女性であるからには、相当に目立つはず。

「これなら、宿の場所を聞いておくのが一番早かったけれど、ラルハさんは答えてくれるか分からないからね」

「意外と秘密主義なの？」

「気分屋、って感じかな。『教えて』と言われたら『嫌がる』、みたいな」

「気分屋というか『天邪鬼(あまのじゃく)』ね。まあ、そういう人なのは分かる気がするけれど……」

アイネは納得した様子を見せる。

昔から、ラルハの気分にはよく振り回されたものだ。そのおかげで僕は強くなれた――ということもなくはないが、おそらく彼女とパーティを組む者は、今でも苦労することだろう。

「アイネも僕がいない間に話しただけだろうけど、そういう雰囲気が伝わったかな」

「そ、そうね」

僕とアイネはそんな話をしながら、ラルハの目撃情報の聞き込みをする。露店で何か小物を買っては、ラルハの特徴を確認するが、特に得られる情報はなかった。

先ほど朝食を食べたばかりなので、二人でも食べ物ばかりを買うのはつらい。

一応、情報を得るためには代価を支払う――そんな律儀なことを僕とアイネは繰り返した。二人で一つのものを分け合うような形で、出店を回る。

「ほら、アイネ」

僕は手に持った串焼きをアイネの口元に運ぶ。

すると、アイネが少し複雑そうな表情を見せた。

「どうしたの？　もしかして、もうお腹いっぱい？」

僕が問いかけると、アイネは少し不服そうに、

「そうじゃなくて……さっきから思ったんだけど、普通逆じゃない？」

そう、唇を尖らせるようにして言った。

「逆……？」

僕は手元の串焼きを確認して、逆さに向ける。

「下から食べたいってこと？」

「いや、そういうボケはいらないのよ……」

アイネは呆れたように僕を見た。ボケたつもりはないのだけれど。

「えっと、つまりどういうこと？」

「だ、だから。リュノアが私に食べさせる、みたいな形じゃない？」

「うん。それの逆ってことは……アイネが僕に食べさせるってこと？」

「そういうこと。なんか、周りからも見られてるし……」

アイネの言葉を聞いて、僕は周囲を確認した。

――アイネは、首に奴隷としての証である首輪を着けている。そんな彼女が、隣にいる『主人』であるはずの僕に食べさせてもらっている。その光景だけ見れば、それは異様なのかもしれない。

確かに、そこまで気が回らなかったところはある。だが、

「アイネは奴隷ではないからね」

僕はそう言い切った。

アイネのことを、奴隷扱いするつもりなど毛頭ないのだから当然だ。

「リュノアがそう思っても、私の立場はそうなのよっ」

「気にする必要はない――でも、アイネが気になるなら、別に逆でも構わないよ。ただ、荷物が増えるだろう？」

「荷物って、そんなの持ち歩くのなんてつらくないわよ」

アイネがそう言って、僕から串焼きを奪い取る。

そして、そのまま僕の口元に向けてきた。

「ほらっ」

「いや、さっき僕は食べたばかりなんだけど……？」

「っ、いいから、もう一口くらい食べなさい！　男でしょ!?」

アイネが何故か、少し恥ずかしそうにしながら押し付けてくる。

割とお腹もいっぱいだけれど、アイネが言う以上は仕方ない。差し出された肉を頬張ると、彼女は満足そうな笑みを浮かべた。

「ふふん、どう？　美味しい？」

「美味しいよ」

さっき食べたばっかりだけど、アイネに問われたから、改めて感想を言う。

複雑な気持ちではあったが、どうやらアイネは先ほどから、僕が食べ物をアイネに食べさせていたことが気になっていたようだ。

僕は別に気にしないのだけれど——その辺り、アイネと僕とでは考えに違いがあるのかもしれない。

やり取りをしながら、僕とアイネは町中を歩く。特に情報も得られないまま、気付けば純粋に買い物を楽しむだけになりつつあった。

以前、姿を消したラルハを探して町中を歩き回ったことを思い出す。

今回もなかなか、苦労しそうな気配を感じていた。

「ラルハさん、町中にはもういないのかしら？」

「あり得ない話ではないね。外で適当に飲んでる可能性もある」

「何それ……。じゃあ、お酒を買って外に？」

「それなら、一度酒場には寄るはず。でも、酒を扱っている店なら他にもあるし、なんとも言えないね」

「それじゃあ、次はそういうお店でも――っ」

「アイネ？」

不意に、アイネの言葉が途切れる。やや前屈みになった彼女の姿を見て、僕はすぐに察した。

アイネの身体を支えるようにして、問いかける。

「きたのか？」

「え、ええ……。やっぱり、急にくる……からっ」

先ほどまで元気だったのに、しおらしい態度になってしまう――それが、『性属の首輪』というものだ。

すでに呼吸が荒くなり始めたアイネの身体を支えたまま、周囲を確認する。通りがかりの馬車でもあればいいのだが、視界にはない。

どこかの店内に、と言っても、個室があるところとなると限られてくる。

こうなったら、アイネを抱きかかえて一度家に戻ろう――そう考えた時、不意にアイネが僕の服を掴んでくる。

「！　アイネ？」

「そ、そこの、路地裏のところで。たぶん、人も、来なさそう、だからっ」

「路地……？　いや、でもそこは……」

　確かに、建物と建物の間の路地には、あまり人が通るようなことはない。荷物などが置かれており、通り抜けるにも苦労するからだ。

けれど、人通りのある道から外れたとはいえ、外であることには変わりない。

「僕なら君を抱えてすぐに家まで戻れるよ」

「か、抱えるなんて、ダメよ……！　余計に目立つでしょ……!?」

アイネが少し怒ったような口調で言う。確かに、目立つことは否定できないが……。

そうこうしているうちに、アイネの息遣いがさらに荒くなっていく。迷っている間にも、
彼女の負担はどんどん強まっているのだ。

「お、お願い……！　そこで、構わない、からっ」

「……分かった」

　僕はアイネを支えたまま歩き出し、路地裏の方までやってくる。

そこでアイネは、ぺたんと腰をついた。すでに、歩くのもままならない状態のようだ。

「もしも人が来たら、君を抱えてすぐに上に逃げるよ」

「上って……この上？」

「ああ。建物の上に一先ず避難する。それくらいならいいだろう？」

「そ、それは……大丈、夫。だから、お願い……っ」

アイネはゆっくりと立ち上がる。立っているのは厳しい状態のはずだが、アイネは壁にもたれかかるようにして、自らのスカートを口に咥えて言う。

「ふぅ……っ」

（これは……）

ここは外。人の目もすぐ傍にあるというのに――スカートを咥えて、求めるアイネの姿を――僕はとても可愛らしく感じてしまった。

＊＊＊

スカートを自ら口に咥えて、アイネはただ壁に寄り掛かるようにして立つ。

正直に言ってしまえば、本当なら立っていることもつらい。下腹部はきゅんっと疼き続け、秘部はひくひくと動いていることが、自分の身体だからこそよく分かる。

アイネの身体は、『性的なこと』を欲している。それが分かってしまうことが堪らなく恥ずかしいのだけれど、今のアイネはそれを気にしている場合ではない。

火照った身体を、リュノアに預ける――それが、アイネにできることであった。

けれど、こんな風に大胆な恰好をしているのは、アイネの意思によるものである。

『外』でも大丈夫と言った手前、アイネが恥ずかしがって動かないわけにもいかない。

それに、こうしてリュノアに自らの恥ずかしいところを曝け出すことは、決して悪い気持ちにはならなかった。

(わ、私は、マゾなんかじゃないけど……)

心の中で自らそれを否定して、目を瞑る。

ふっ、と小さく呼吸が出た。リュノアがしゃがみ込むと、アイネの下着に手を伸ばす。

下着をゆっくりと下ろしていくと、下着からわずかに伸びた愛液が太腿に触れて、少し冷たい。

「外だから、あまり時間はかけないようにするよ」

「……っ」

アイネは小さく頷いた。スカートを咥えているのは、ただたくし上げるためだけではない――声を押し殺すための行為でもあった。

リュノアの手が伸びて、アイネの秘部に触れる。ぴくんっ、と身体が自然と反応した。

リュノアの腕は細いけれど、筋肉質だ。顔立ちは中性的ではあるけれど、剣を握ってきた彼の手は男らしく――それでいて、アイネの秘部に触れる手は優しい。

リュノアの性格を、体現しているかのようだった。

「ふ、んぅ……」

わずかに声が漏れる。リュノアの指は、迷うことなくアイネの膣内へと入ってくる。

ゾクリと腰から背筋にまでかけ上がってくる快感に、膝がガクガクと震えそうになる。

力が入らない……けれど、アイネは必死にこらえていた。待っているだけで、押し寄せてくる快感は形容し難いものだ。

リュノアの指が膣に入ると、膣壁を押すようにしながら動き始める。

すでにアイネの身体を熟知しているような動きで、的確にアイネの『弱い』ところを突いてくる。

「……っ、ん、んっ、ふぅ……!?　んぐぅ……っ」

アイネは必死に声を殺すが、思わず叫びそうになる。我慢していても、身体を走る快感は強すぎて、アイネの目から自然と涙がこぼれてくる。

「アイネ、大丈夫？」

「んっ、ん……」

リュノアが優しく声をかけてくれて、アイネは静かに頷く。顔を上げたリュノアと目が合うと、また恥ずかしい気持ちが込み上げてきた。

（ここ、外……外、なのに。声、出ちゃうよぉ……）

我慢できると思っていたのに、実際に始まると抑えきれない。

いつ人に見られるかも分からない状況だからか、アイネの身体は余計に過敏になっていた。

リュノアがただイカせようとしているだけの動きだからまだいいが、これで他の部位まで触れられていたら、アイネは情けなく喘ぎ声を上げていたかもしれない。

だが、それでも声を押し殺すのには限界がある。快感が徐々に上昇していくにつれて、アイネの声が大きくなっていく。

「うぅ、んふっ、あっ、んぐっ、ふぐぅ……！　リュノ、アぁ……声、出ちゃ、から……っ」

「分かった」

アイネは最後まで、求めていることを伝えていない。

けれど、アイネの言いたいことはリュノアに伝わったようだ。声が漏れるから――塞いでほしい。

リュノアは立ち上がると、アイネの秘部を弄りながら、そっと口付けを交わす。

アイネ自ら求め、リュノアがそれに応じた形だ。キスをしただけなのに、それだけで気持ちいい。膣内を弄られているからではない。

リュノアとのキスが、本当に心地よいのだ。

声を殺すために、リュノアが優しく口を覆い、そして舌をアイネの舌に絡ませてくる。

アイネもまた、それに応じるようにして、リュノアの舌に絡ませた。身体の中に、相手の部位が入ってくる感覚――口の中でも、それは変わらない。

蠢く舌が、より身体を過敏にしていく。

「んうぅ……ふっ、はっ……んっ」

今度は、アイネの方がリュノアの口に舌を入れ込む。膣を弄られたままでは、舌にもろくに力が入らなくなってくる。

自然と入れることができたのは、リュノアが一切拒否をしないからだろう。

唾液が交わる音を立てながら、アイネの舌がリュノアの口の中に入ると――そっとアイネの舌をリュノアが噛む。

瞬間、アイネは目を大きく見開いた。優しく舌を噛まれるというのは初めての感覚。

けれど、敏感になったアイネの身体は、その刺激ですらも強すぎた。

大きく身震いをすると、アイネの身体の中の快感がぶわっと全身を駆け巡る。

膝が震えて、立っていられなくなるが、リュノアが腰の部分に手をまわしてアイネを支える。

リュノアの方が上になるようにして、アイネとそのままキスを交わす。

「ふっ……!? ん、ふぅ……っ」

(ま、待って……もう、イ、イッたから……っ)

そう伝えたくても、キスをしたままでは声が出ない。

こんなにも早くアイネがイッてしまったと――リュノアは理解できていないのだろうか。

力の入らない身体では抵抗できず、未だに膣から送られてくる刺激に、アイネはただ身を任せるほかなかった。

――好きな人とキスをしていると、上手く考えが纏らなくなってくる。

それとも、身体が感じすぎてしまっているからだろうか。

アイネの身体はさっきから、ずっと興奮しっぱなしだ。

リュノアの指先が膣内で動くたびに、身体が震えて大きな声を出しそうになる。

いつもは噛み締めてそれを我慢しようとする。だが、それもやはり無理な話だ。

「んぅ、ふっ、ふっ、ふぅ……んっ」

もうすでにイッてしまっている――それを伝えようとしても、リュノアは唇を離してはくれなかった。

アイネ自身も、それを受け入れてしまっている。

びくびくと、自分の身体じゃないように膣が震えて、リュノアの指が動くごとに快感が押し寄せてくる。気持ちいいのに終わりがない。

こうしてキスをしているだけでも、口内を犯されているような気分になってくる。

――誰かに見られたらどうしよう。

――またイキそうな感覚がある。

――でも、このまま続けていたい。

そんな気持ちが入り混じって、結局考えが纏らない。

やめてほしいけど、続けてほしい。恥ずかしいけれど、気持ちいい。

マゾなんかじゃないはずなのに――リュノアにされると、どんどん興奮して気持ちが抑え切れなくなってくる。

リュノアのことが、好きで好きで堪らない。

その気持ちを言葉では伝えられないから――交わした口付けでリュノアのことを求め続ける。

ほんの少し前までは、『奴隷に堕ちてしまった』という立場から、リュノアとは距離を置くつもりだった。置くつもりで、それができなかった。

今でも、後ろめたい気持ちがないと言えば、嘘になる。

アイネはリュノアに助けられてばかりで、リュノアを助けることなんてできていない。

それなのに、リュノアと一緒にいていいのだろうか、と。

その気持ちには、すでにリュノアが応えてくれている。

リュノアに甘えて、アイネは今、好きであることを伝えようとしている。今なら、何をしても『許される』のだと、そんな邪な考えを持っている。

「……んっ」

リュノアはキスをしている時も、えっちなことをしている時も、アイネのように声を漏らすようなことはしない。

けれど、リュノアは的確にアイネの弱いところを突いてくる。

リュノアはアイネから見ても、可愛らしい顔立ちをしていた。

それでいて剣を握ればアイネより強くて、そんな剣を握る手は——やはり男らしい。

リュノアの指が、アイネの膣内で動いている。そう思うだけで、下腹部にきゅんっとした感覚が強くなってくる。

もう立っていられないはずなのに、リュノアがアイネの身体をしっかりと支えてくれる。

身体はふわふわと浮いているような感覚が続く。

このまま気持ちいいのが続いたらどうなるのだろう――そんなことまで考えたところで、再び強い快感に身体が震えた。

「――っ!?」

ビクンッ、と身体が跳ねる。

今度こそ、確実にイッたというのが身体で表現できていた。リュノアもアイネの反応を見てか、ようやく唇を離してくれる。

「アイネ、大丈夫？」

そうして、いつものように優しく声をかけてくれる。

アイネはそれに、ただ頷けばいい――けれど、素直ではいられない。

「さ、最初にイッたの……分からなかったの？　リュノアのバカ……」

「うん、ごめん。それは気付かなかった」

苦笑いを浮かべて、リュノアが謝ってくる。

本当かどうか分からない。けれど少なくとも、路地裏とはいえ人が往来する場所の近くでした『行為』に、アイネはすごく興奮していた。

＊＊＊

アイネが落ち着くまでしばらく待って、汚れてしまった彼女の新しい服を買いに向かった。

外でするのには慣れておらず、下着だけでなくスカートまで汚れてしまった——せっかくなので、彼女の服を新調することにしたのだ。

「……動きやすさを重視したつもりだけれど、少し露出度が高い、ような……？」

アイネは自らの服を見ながら、そんな感想を漏らす。

確かにお腹は見えているし、スカートも前に比べると短い——洋服店では、割と乗り気で服を探していた彼女だが、実際に着てからしばらくすると、恥ずかしさの方が上回ってきたらしい。

「似合ってるから大丈夫だよ」

「あんた、何でも似合うって言ってたじゃない。危うく、大荷物になるくらい服を買うところだったわ……」

「別にいいじゃないか。今度はもっと色んな服を買いに行こう」

「あんたね……そんな気軽に言うけれど、服だって結構いい値段がするのよ？」

「使った分、また稼ぐから心配ないさ」

「そういう問題じゃないのよ。……まあ、私もしっかり稼げるようになって、あんたの服も一緒に探すって言うなら、いいけど」

アイネは視線を逸らしながら、小さな声で呟くように言う。

あまりに小さかったために、上手く聞き取れなかった。

「ん、僕の……なんだって？」

「あんたの服も買うって言ったの！」

「僕の？　僕は別に、そういうのに興味ないから」

「わ、私ばかりに新しい服を着せるつもり!?」

「そこって怒るところなのか……？」

そんなやり取りをしながら――僕とアイネは、共にラルハを探していた。

色々なところを回ってようやく得られた情報は、彼女を町の外れで見た、というものだった。

「外れの方って、ギルドからは結構距離あるわよね？」

「そうだね。ラルハさんならそんなところに宿を取るとも思えないんだけど……何か仕事の依頼かな？　とにかく、行ってみようか」

「ええ、分かったわ」

町外れの方になると、人通りも少なくなってくる。

けれど、その分落ち着いた雰囲気――田舎というほどではないけれど、静かに暮らしたいのならいいだろう。

僕の自宅も、比較的人が少ないところにある。

「この辺りだと……宿とかはなさそうね」

「そうなると、もしかして野宿でもしてるのかもしれないね」

「え？　野宿って……どうしてよ？」

「それは分からないけれど、ラルハさんは結構、仕事が絡むとそういうことをするタイプだよ」

「そ、そうなの？」

「うん。アイネだって、騎士の仕事で野営をすることもあっただろう？」

「まあ、そうね――って、町中で野宿なんてしないわよ」

「僕も町中とは言っていないよ。いや、正確には町中ではあるんだけど……ほら、あそこの丘の上とか。町中を見渡せるからね」

僕が指を差した先を、アイネは目を細めて確認する。

「……あそこにいるってこと?」

「分からない――けれど、情報がない以上、あそこから見てみるのもいいと思ってね」

「……そうね。この辺りじゃ、聞き込みも難しいし」

僕はアイネと共に、町中から続く丘の方へと歩を進めた。

そこは、町全体を見渡すことができる程度には高く、緊急時には監視員が配置される。

普段は誰も使ってはいない――だからこそ、そこにラルハがいる可能性もあった。

思えば、昨日はすぐに会えるみたいな言い方をしていたのに、冒険者ギルドにもいないなんて妙な話だった。

もしかすると、ラルハはすでに何かの仕事をしている最中なのかもしれない。手伝えることがあれば手伝おう――そんな気持ちで僕は彼女を探していた。アイネも、ラルハに会いたがっていることだし。

一応、町中という扱いを受けるこの丘であるが、時折小さな魔物が現れることがある。

そのため、町人は基本的に立ち入り禁止の場所でもあった。大の大人でも、怪我をする可能性が十分に考えられるからだ。

もちろん、僕やアイネ、それにラルハであれば、そんな心配は必要ないだろう。

「そう言えば、リュノアとラルハさんって、どれくらい一緒だったの？」

　不意にアイネが、そんな問いかけをしてきた。

「ん？　一年……いや、二年くらいかな。僕がまだ半人前の頃――今が一人前かどうかは置いておくけれど、とにかくそれなりには一緒に。まあ、でも短い方だったのかな」

　僕が冒険者になってすぐの頃の話だ。ラルハから声を掛けられて、僕は彼女と共に行動することになった。

　当時はAランクの冒険者と共にパーティを組むこと自体、僕には不相応ではと思っていたのだけれど、案外なんとかなるものだ。

「今はもう一人前でしょ。だって、Sランクの冒険者なんだから。謙遜じゃなくて嫌味に聞こえる人もいるかもしれないから気を付けなさいよ」

　アイネは少し咎めるような口調で言う。

「そういうつもりで言ったわけじゃないけれど」

「わ、分かってるわよ。あなたのこと知らない人が聞いたらそう聞こえるかもってこと！」

　確かに、アイネの言うことも分からなくもない。

　僕は一応、冒険者ギルドに認められて今のランクに位置しているのだ。

それでも一人前ではない――そう口にするのは、僕より下のランクの冒険者を否定することになる、ということだろう。

「気を付けるよ――って、なんでそんな話を？」

「丘の上にいるって思うくらいだから、結構一緒にいたんだなぁって思って」

「まあ、そうだね。それでも、アイネと一緒の期間の方が長いと思うけれど」

「そ、そう？」

僕の言葉を聞いたアイネは、何故か少し嬉しそうだった。特に、彼女を喜ばせるようなことを言ったつもりはないが。

そんな話をしていると、丘の上まで到着する。誰かが整理をしにやってきているのか、丘の上は比較的綺麗になっていて――そこに、一人の女性が立っているのが分かった。

「ラルハさん、こんなところにいたんですか？」

「！　リュノアに、アイネ？　どうしたんだい、こんなところまで……」

声を掛けると、女性――ラルハは少し驚いた表情を見せた。

いつになく落ち着いた雰囲気に、僕はわずかに違和感を覚える。

「どうした、じゃないですよ。冒険者ギルドにもいないから、探しに来たんです」

「……あたしを？　あはは、そんな急ぎの用でもあったのかい？」

気のせいだったのだろうか。すぐに、いつも通りの彼女がそこにいた。

「僕ではないですが、アイネが少し話をしたいって」

「……アイネが？」

「え、えっと、そうです。その、昨日は……ありがとうございましたっ」

アイネが、ラルハに向かって頭を下げる。他人に対して、『普通』に感謝をする彼女の姿を見るのは随分と久しい気がする。礼を受けたラルハは目を丸くして、

「ははっ、なんだい？　礼を言うためだけにわざわざ来たのかい？　昨日と比べて、随分と可愛い子になったね。リュノア、この子もらってもいいかい？」

「っ！」

ラルハは笑いながら、アイネを指差して言い放った。

「ダメですよ、アイネは『僕の』ですから」

「っ!?　ぼ、僕の……？」

何故かアイネの反応がより一層大きくなった。ラルハはラルハで、楽しそうに笑い出す。

「あはは っ、いやぁ……あんた達と会うと元気が出るねぇ」

「僕から見れば、ラルハさんの方がいつも元気ですが」

「そうかい？　まあ、やる気がある時はそうかもね」

ラルハの様子を見るに、やはりこれから仕事に行くつもりなのだろう。いつも通りの雰囲気に見えて、神経を研ぎ澄ませているのが分かる。

「これからお仕事ですか？　僕も手伝えることがあればと思って――」

「いや、リュノア。あんたはアイネの傍にいて、守ってやりな」

「！」

僕の言葉を遮るようにして、ラルハはいつになく真面目な表情で言う。だが、すぐに表情を崩すと、

「なんてね。珍しく真面目な表情で言ってみたら――見てみな。すっかりアイネは顔が真っ赤だよ」

そう、冗談めかした。

アイネの方を見ると、確かに顔を赤くしている。

「も、もう……っ。冗談でもそういうことは言わないでくださいっ」

アイネが恥ずかしそうに怒りながら、ラルハに言う。

ラルハも笑みを浮かべてアイネに謝っていた。考えすぎか――今の彼女に変わった様子はない。

「あたしは二人の『愛の巣』の邪魔をするつもりはないからね。夜になると、町の景色が

綺麗でさ――ここで、飲む酒が旨いんだ。だから、ここで寝泊まりしてるのさ」

ラルハは町の方に視線を向けた。

僕も、同じように町の方を見る。すでにちらほらと、町中には灯りが見え、どことなく風情を感じさせる景色がそこにあった。

「そうでしたか。宿がないなら、僕の家にでも泊まってくれたらいいのに」

「あんた、あたしの話を聞いてないだろ。二人の愛の巣に邪魔するつもりはないって」

「あ、愛の巣じゃないですからっ」

そんなアイネの否定の言葉に、またラルハは大声で笑う。

それから、僕とアイネはしばらくラルハと話をした。

僕とのパーティを解散した後のラルハの話や、僕自身の話が中心だ。

完全に暗くなる前にラルハと別れ、僕とアイネは帰路についた。

とりあえず、今日の目的は達成できた。

「でも、見つけられてよかったわ。まさか、本当にこんなところにいるなんて」

「……そうだね」

「どうしたの？」

「いや、何でもないよ。今日はもう、家に帰ろうか」

「そうね。何だか少し疲れちゃったわ」

僕の言葉にアイネが頷き、二人で家の方へと向かう――わずかながらに残る違和感を抱えながら。

＊＊＊

ヴァウル・ディーラは『ラベイラ帝国』から派遣された騎士である。

ヴァウルの名を聞けば、帝国の騎士の多くは、彼に敬意を示すだろう。騎士として優れた才を持ち、将来を有望視される実力者として知られている。

彼はある任務のために、わざわざ隣国までやってきて、そして『ルドロ』の町に辿り着いたのだ。

目的は――アイネ・クロシンテを連れ帰ること。

ただし、必要とあれば彼女の生死は問わない。本当の目的はアイネ本人ではなく、その首輪にあるからだ。

ヴァウルにとって、『女一人を連れ帰る』任務など、本来であれば受けるようなものでもない。

だが、今回の件が『特別』であることは、ヴァウルにも容易に理解できる状況にあった。

「『七体の悪魔』、そして『魔剣』か。くだらない物語の類――そう思っていたが、お前が来るということは、いよいよ本気……そういうわけか？」

ちらりと、ヴァウルは後方に視線を送る。音もなく現れたのは――目立ちすぎるほどに大柄な鎧姿の男。真紅の甲冑は黒ずんでいて、背負う剣のサイズは人間が持つサイズには思えない。帝国が誇る戦力の内、最高峰の一人――ジグルデ・アーネルドだ。

ヴァウルは対等に接しているが、実力で言えば、間違いなくジグルデの方が上であることは理解している。

帝国に『英雄』と呼ばれる騎士は何人かいるが、そう呼ばれる者達は、普通の騎士とは一線を画す実力者揃い。ヴァウルから見て、『化物』と呼べる存在ばかりであった。

それでも、いつか彼らを超えることを目標にしているヴァウルは、臆することをしない。

「ええ、その通りです。――と言っても、私は初めから本気でしたが」

見た目とは裏腹に、物腰柔らかな雰囲気の声が響く。ただ、兜によって包まれているため、声は反響して聞こえた。

「英雄自ら出向くとなると、アイネ・クロシンテはそれほどまでに強い、ということでいいのか？」

「彼女自身は、おそらく大した問題にはならないでしょう。それよりも、貴方が協力を依頼した冒険者が、裏切ったそうですね？」

　ヴァウルはジグルデの言葉に頷くと、

「ああ。おそらくは、対象が知り合いだったのか——まあ、何かしらの因縁があったことには違いない。対象はほぼ間違いなくこの町にいるが、結果的には敵が増えたことになる。俺一人でも十分にやれるとは判断していたが、すでにこちらの戦力は二人失われている。故に、裏切り者の始末は一度見送った。それと少なくとも、アイネ・クロシンテのすぐ傍には、相当な実力者がいる可能性がある」

　淡々と状況を説明した。先に王国入りしていた者——帝国に所属する魔導師であるドミロとグレマレフは、相当の実力者であった。

だが、その二人との連絡が途絶えたために、控えていたヴァウルを含めた者達がやってくることになったのだ。

　ヴァウルはふと、気になっていたことを確認する。

「……だが、お前は国を離れて大丈夫なのか？　たった一人の女を探すために何人もの騎士が他国へ赴くなど——」

「優先順位の問題です。我々はまずは、アイネ・クロシンテを取り戻さねばなりません。

アイネを他国へ逃がした者についてもまだ見つけることはできていませんが、そこは他の方に任せましょう」

「……そうか」

ヴァウルは納得した。応援要請に応じてやってきたのは、ジグルデただ一人だ。

そして、この男が一人いれば十分――そう、判断したのだろう。ヴァウルも、その判断には納得する。

ジグルデは帝国内においては紛れもなく『英雄』と呼ばれるレベルの強さを持っている。

ヴァウルとて、自らの実力に微塵の疑いも持っていない。

しかし、それ以上にジグルデという男は規格外なのだ――そんな男を送り込んできた時点で、ここで決着をつけるつもりなのは分かる。

「裏切った冒険者――ラルハ・レシュールは俺の手で始末する。お前は、町に入ってアイネを探してくれ」

「おや、貴方を手伝わなくてよろしいのですか？　まだ始末できていない時点で、そのラルハという冒険者もそれ相応の実力者とお見受けします。勝てなかったのであれば、私が戦えば済むだけの話では？」

ジグルデの言葉遣いは丁寧であるが、言い方はヴァウルを挑発するようなものであった。

実際、その場で始末しなかった時点で、そう言われても仕方ないというのは理解している。

「共に行動する必要はない。一度お前と合流してから、今後の動きを決める予定だっただけだ。何も心配する必要はない――すぐに終わらせて、俺も捜索に加わろう」

「そうですか。では、私は先に行きます。後程合流しましょう」

「ああ。我らの『王』のために――」

「ええ、我らの『王』のために――」

そう言葉を交わすと、背後に立っていたジグルデの気配が跡形もなく消滅する。

そこに残されたのは、ヴァウルただ一人であった。

あれほどの図体でありながら、ヴァウルが何も察知することができない。

それが、ジグルデという騎士であり、ヴァウルと同じ主君に仕える者の一人であった。

ジグルデ一人でも、おそらく今回の件を片付けることは難しくないだろう。

だからと言って、ヴァウルがここで引き下がる理由にはならなかった。

「……さて、決着をつけようか」

ヴァウルは腰に下げた剣を抜き放つと――町の方へと向かって、歩を進めた。

第三章

日が暮れる頃、ほとんど沈んだ夕日を自宅の窓から眺めていた。少し前までは、冒険者としての活動も多かったが、アイネと一緒になってからはその頻度も大分減った。

ゆっくりする機会が増えた、そう言うべきだろうか。

けれど、今でも安心できる生活とは言い切れない。

アイネを狙う者達がいる——違和感は、ラルハがやってきた時からあった。彼女がふらりとこの町を訪れたのは、偶然だろうか。

丘の上で会ったラルハは確かにいつもの彼女であった。けれど、何かが引っかかる。

僕とアイネを遠ざけるような、そんな感じだ。

いつものラルハならば、きっと今頃は僕の家で酒を飲んでいるだろう。

アイネだって、ラルハとは仲良くなれたようだし。

「……」

「どうしたの、リュノア」

不意に、アイネから声がかかった。

「ん、いや……何でもないよ」

「何でもないわけないでしょ」

「アイネ？」

僕の言葉をきっぱりと否定され、僕はアイネの方を見る。彼女は少し怒ったような表情を浮かべていた。

「家に戻ってからずっとそうだもの。気になるんでしょ、ラルハさんのこと」

隠しているつもりであったが、どうやらアイネには気付かれてしまったようだ。

僕はラルハと話してから、ずっと小さな違和感を覚えている。

でも、それに気付かないふりを続けていた。

「それは……いや、いつものラルハさんだったよ」

僕は自分に言い聞かせるように、そう答える。

その言葉に嘘はない――ラルハは確かに、いつも通りの彼女であった。

「でも、気になるんでしょ」

アイネがそう言って、僕の傍に寄る。そっと、僕の肩に触れた。

「私、ラルハさんとはまだ昨日会ったばかりだから、あの人のことはよく知らない。でも、いい人だってことは分かる。だって、私の知らない間に――あんたのこと、鍛えてくれた人なんでしょ?」

アイネがそう、問いかけてきた。

ラルハが、僕を冒険者として紛れもなく強くしてくれたのは事実だ。

「うん。僕はラルハさんのおかげで、冒険者としては強くなれたと思う。けれど、剣士としては君との――」

「今は私の話はしてない!」

ピシッと言葉を遮られて、僕は言葉を詰まらせる。

そんな僕の様子を見てから、アイネは諭すように言う。

「気になるなら、行ってきなさい。しっかり話を聞いて、それで戻ってくればいいじゃない。私はここで待ってるから」

「アイネ……」

彼女にそう促されても、僕はまだ迷っていた。

ラルハが話すつもりであったのなら、きっと先ほど話していただろう――そう考えてしまう。

「大丈夫よ。あんたがしっかり気持ちを伝えれば、きっとラルハさんも応えてくれるわ」

アイネはそう、はっきりとした口調で言った。

ここまで言われてしまっては、僕も動かないわけにはいかない。

「……そうだね。ちょっとラルハさんのところに行ってくる。すぐに戻るから」

「はいはい。夕食、用意して待ってるからね」

アイネの言葉に頷き、僕は家を出た。彼女が背中を押してくれた――それならば、急いでラルハのところへ向かい、戻らないと。

僕は全力で町を駆け、馬車を超える速さで、ラルハのいる丘へと向かった。

＊＊＊

ラルハは一人、草原に立つ。『敵』がこちらに向かってきているのは、丘の上から見えていた。

もっと大人数を連れてくるかと思っていたが、やってきたのは一人――ヴァウル・ディーラだ。

すでに剣を抜き放っているところを見ると、臨戦態勢にはお互いに入っている状態だ。

「驚いたね。まさか一人でやってくるとは」

ラルハは挨拶をするような軽い口調で声をかける。

これから殺し合う相手に対しての態度とは思えないほどに、明るい表情であった。

「俺も驚いた。まさか、一人で俺を迎え撃とうとは」

対するヴァウルもまた、冷静な口調で返す。一度撤退したにもかかわらず、単独でやってきたところを見ると、ヴァウルにはラルハを倒す自信があるようだ。

「あはは、随分な自信だねぇ。あんた……一人であたしに勝てるつもりかい？」

「それはこちらの台詞だ。お前一人で、俺に勝てるとでも？」

ラルハは大剣を構え、相対するヴァウルは剣先を向ける。お互いに一度、剣を交えている——ラルハの一撃を、ヴァウルは難なく受け止めていた。

(力押しで勝てるか分からないってのが、厄介な相手だね)

剣を交えたのはわずかだが、ヴァウルの実力が相当に高いことは、すでに理解できている。

(……って言っても、あたしにできることは単純だ)

ラルハはにやりと笑みを浮かべて、全身に力を込める。

全力を以て、ヴァウルを叩き斬る——それが、ラルハの考えた作戦であった。

「いくよ」

ラルハがそう言葉を発すると同時に、二人は動き出した。

ラルハは身の丈を超える大剣を振るう。

これは、肉体を魔力によって強化しているためにできる技だ。

『身体強化』——魔力を持つ者であれば、ほぼ誰でも扱うことができるシンプルな技だ。

だが、ラルハはこの技の扱いに秀でており、常人以上に肉体を強化することができる。

その上、単純な身体能力の高さも相まって、ラルハは剣士として圧倒的な強さを見せていた。

対するヴァウルは、ラルハの大剣を正面から受け切る。ズンッと重い一撃が走り、ヴァウルの両足を地面へと沈めるほどの威力があった。

それでも、ラルハの大剣はそこで止められて、動かなくなる。完全に、ヴァウルが防ぎ切った形だ。

ラルハはにやりと笑みを浮かべて、

「はっ、やっぱり受け切るねぇ！」

そう、楽しそうに言い放った。

「当たり前だ。大振りな剣を避けるだけだと思ったか？」

「そうだね。正面から受け切られたらどうしようもない——なんて言うと思ったかい」

「なに――」

ラルハはさらに『力』を込めた。そこのあるのは純粋な筋力と、魔力。正面から受け切られたのならば、受け切ることのできない力を使う――ラルハの戦闘スタイルは、あくまで力押しだ。鍔迫り合いの状態となったヴァウルを、無理やり押し出す。

両足が深く地面を抉り、ヴァウルはわずかに眉をひそめた。

「どうだい？　これでも、まだ半分くらいの力なんだけどね」

ラルハはまだ全力を出し切っていない。決して、ヴァウルを格下に見ているわけではない。

ラルハの全力は、魔力の消耗が激しく、肉体への負荷も非常に大きい。今の段階が、ラルハの身体に負担のかからないギリギリの力の状態なのだ。

（それでも、全力を出さないと勝てない相手ではありそうだけどね）

重要なのは、全力を出すタイミング――ヴァウルを確実に仕留めることができる瞬間を、ラルハは狙っていた。

「なるほど、正面から受け切るのは無理か。ならば、ここからは『技術』を使おう」

技術――その言葉を受けて、ラルハは身構える。

察するに、ヴァウルが得意とするのは剣術だ。力で優勢になったからと言って、ラルハの勝ちが決まるわけではない。むしろ、ここからが本番であった。

「いいさ、来な！」

ラルハが声を上げる。

瞬間、ラルハの剣を横に弾いたヴァウルは姿勢を低くして懐へと入り込む。

ラルハはすぐに地面を蹴って、後方へと跳んだ。

ヴァウルはそれを見て、ピタリと動きを止めて、再び剣を構える。

（無理攻めはしないってことかい。意外と冷静だね）

ラルハが狙っていたのはカウンター。さらに追撃をかけてくるようであれば、ラルハはヴァウルを迎え撃つつもりであった。

「どうしたんだい？　技術とやらを見せてくれると思ったんだけどね」

「思った以上に下がるものだからな。万に一つ――罠の可能性を考えて足を止めたのだが、どうやら何も用意はしていないらしい」

「はっ、あたしを誰だと思ってるんだい？　この剣一つで、あたしは冒険者としてここまで生きてきたんだよ？　人間一人と戦うのに、罠なんて使うわけないだろ？」

「そうか。確かに、お前はそういうタイプの人間であるとは思っていたが、俺は用心深くてな。だが、おかげでお前の底が知れたよ」

ヴァウルの言葉を受けて、ピクリとラルハは眉を動かす。

挑発するような言動は、ラルハのことを誘っているのか――お互いに距離を取って、向かい合う形になった。

攻めるのは得意だが、防戦になれば不利になるのは分かっている。

（ちっ、どのみち……いくしかないってことだね）

一度、仕切り直すような形にして再度、お互いに動き出した。

「ふっ」

ヴァウルが息を吐き、剣を振るう。素早く繰り出される連撃を、ラルハは大剣で受け止める。

ヴァウルの一撃は、決して軽いものではない。油断すれば、大剣を扱うラルハでも押し切られる可能性は十分にあった。

それでも、ラルハは冷静にその剣を受けて、一瞬の隙を窺う。

（――ここだね）

連撃の最中、ラルハはヴァウルの一撃を見切り、剣を弾き返した。

わずかにバランスを崩したヴァウルに向かって、ラルハは思い切り剣を斬り上げる。

「そらっ！」

ヴァウルはバランスを崩した状態で、ラルハの大剣の一振りを剣で受けた。

ヴァウルの身体が浮かび上がり、そのまま宙へと投げ出される。

「ぐっ！」

ヴァウルの表情が、険しいものになった。

ラルハはこの隙を見逃さない——戦いの中で見出した、全力を出せる好機。

「はあああああああっ！」

ラルハは身を低く屈め、全身に魔力を巡らせた。

全力の状態に持っていくのに、時間はかからない。

大気を震わせるほどの魔力を身に纏い、ラルハは地面を全力で蹴った。大地が爆発したかのように抉れ、ラルハはヴァウルとの距離を一気に詰める。

ヴァウルより高く跳び上がると、ラルハは大剣を振り上げた。

柄を強く握り締め、ヴァウルを仕留める一撃を放とうとして、

「技術で戦うと言ったはずだ」

そこで見えたのは、ヴァウルの冷静な表情。

「——っ！」

気付いた時には、ラルハの周囲には『刃』があった。

魔力によって作り出された十数本にも及ぶ刃は、先ほどまではそこになかったもの。

ラルハが高く跳び上がったのを見てから、ヴァウルが魔法を発動したのだ。

（これほど速く、魔法の展開を……!?）

ラルハは驚きに目を見開く。

決して油断をしていたわけではない。むしろ、確実な隙を狙って、ラルハは全力の一撃を放つつもりであった。

見誤ったのは、ヴァウルの『技術』という言葉――ラルハは咄嗟に防御の構えを取るが、空中で全てを防ぐことはできない。

「これで終わりだ」

ヴァウルの言葉と共に、魔力の刃が動き出し、ラルハの全身に突き刺さった。

「がっ、はっ……!?」

バランスを崩し、ラルハはそのまま地上へと落下していく。何とか体勢を戻し、着地をするラルハだったが、身体中に受けた傷は重い。

ラルハの前に、ヴァウルが立つ。

「悪いが、『剣の技術』だとは、俺は一言も言っていない。俺は剣士ではなく、どちらかと言えば魔導師の部類でな。もちろん、剣士としての腕にも自信はあるが」

「なるほど、ねぇ……確かに、油断した——よ！」

ブンッとラルハは大剣を振るった。

ヴァウルが後方へと跳ぶ。身体に突き刺さった刃は既に消滅しているが、刺さった傷口からはとめどなく血液が流れ出す。

（ちっ、ちょいと、マズいね）

ラルハは思わず、顔をしかめる。

受けた傷は想像以上に深く、もはや立ち上がるのも困難な状態だ。

すぐにでも止血をしなければ、どのみち失血死は免れない。

だが、そんな余裕のある状況にはない。

（ざまあないね……。本気を出し切る前に、やられちまった）

ヴァウルは少なくとも、剣技においてもラルハと互角かそれ以上の実力者であることは分かっていた。

だからこそ、確実に決められる場所で仕留めるつもりだった。

だが、全力の一撃を放つ瞬間——そのタイミングで逆にやられてしまったのはラルハの方だ。がくりとその場に膝を突き、ラルハは大きく息を吐いた。

「これは……腹括らないとだねぇ」

「致命傷――とまではいかないが、もう動くこともできないだろう。これで決着だ」

ヴァウルが淡々とした口調で言う。

勝ち誇っているわけではなく、今もラルハとの距離を保ち、確実に仕留められる状況を作り出していた。

「……あたしを始末して、それであんたは満足なのかい？」

「満足感を得るために戦ったわけではない。少なくとも、お前は俺に嘘を吐いた。それはつまり、俺と敵対する意思があるということだ。それはひいては、帝国に対する脅威となる可能性がある。たとえ小さな虫だったとしても、俺はそれを見逃さない」

「虫、ねぇ……あはは、そんな扱いをされたのは初めてだよ。あんた、強いね」

ラルハは脱力するようにして、空を見上げる。誰の目から見ても、ラルハの敗北は揺るがないだろう。

それでも、ラルハはまだ負けを認めてはいない。

せめて一撃――確実に仕留められるタイミングを待つ。

だが、ラルハの周囲に再び魔力の刃が浮かび上がる。

ヴァウルがラルハに近づいて始末するという、油断は見せてくれないようだ。

「最後に聞いておきたい。何故、裏切った？　冒険者は金さえ払えば、それで仕事を完遂するのではないのか？」

魔法を放つ前に、ヴァウルがそんな疑問を口にした。

なるほど――どうやらヴァウルは、冒険者をそういう目で見ているらしい。

「あははっ、随分と偏った考えだね。冒険者だって、色々いるさ。少なくとも、あたしは違う。金よりも大切なものはあるのさ」

「なんだ、それは」

重ねて問いかけてくるヴァウルに向かって、ラルハは笑みを浮かべて答える。

「愛」

「……くだらん、時間を無駄にした――死ね」

再び作り出された魔力の刃が、ラルハに向かって飛ぶ。

こんな敵一人も止められないなんて――情けない。

ラルハが最期に考えたのは、そんな不甲斐ない自分への怒り。

リュノアに伝えていれば――彼と協力できてあるいは死なずにすんだだろうか。否、ラルハはそんなことは望まない。

リュノアはアイネの近くにいて、彼女を守るべきだ。

ほんの少し一緒にいただけでも分かる。二人は互いに想って、愛し合っているのだ、と。

（まあ、あたしにとっては可愛い弟みたいなもんだからね）

だから――守ってやらないといけない。

そう考えて、ラルハは最期を迎えた自分に立ち向かう。限界を超えて剣を握り締めたところで――視界に入ったのは一人の青年だった。

「……はっ、何で、ここにいるんだよ、あんたは」

思わず、青年の姿を見て脱力してしまう。

魔力の刃をすべて切り裂いて、青年――リュノア・ステイラーは、ラルハの前に立っていた。

その背中は、かつて見たリュノアの背中とはまるで違う。誰よりも、頼れる男の背中をしていた。

「……なんだ、お前は」

「名乗るほどの者じゃない。どのみち、君はすぐに死ぬことになる」

ヴァウルの問いに、淡々とリュノアが答えた。

＊＊＊

僕は男の前に立ち、剣を構える。

男は僕を睨むようにしてから、ちらりとラルハの方に視線を送った。

「応援を用意していたとはな。だが、来るには少し遅かったのではないか？」

どうやら、男は僕があらかじめ待機していた仲間だと思っているらしい。

すでに丘の上にはラルハの姿はなく、目撃情報から町の外にいることが分かった。

かなりギリギリであったが、何とか間に合ってよかった。

「……応援なんかじゃ、ないよ。リュノア、あんたはさっさと戻りな」

ラルハは毅然とした態度で言い放った。彼女の怪我を見る限り、すでに満身創痍の状態だ。

これから目の前の男と戦うのはまず無理だろう。

僕は男に視線を向けたまま答える。

「彼を斬ってからにします。それとも、彼はラルハさんのご友人ですか？」

「……いや、こいつはヴァウル・ディーラ――帝国の騎士、さ」

「！　帝国の……」

ラルハから、その言葉が出てくるとは思ってもいなかった。

目の前に立つ男――ヴァウルは、帝国の騎士であると言う。

どうしてラルハが帝国の騎士と共にいるのか分からないが、この状況を見るに、彼女が敵対の意思を示したのだろう。

「すまないね。あんたにはもっと、早く話しておくべきだった」

ラルハはそう言って、頭を下げる。

別に、彼女が謝るような話ではないはずだ。

帝国の——それも騎士がここにやってきたとなれば、自ずと狙いは分かる。

「……アイネを狙ってきているのか？」

「その物言いから察するに、奴隷として売られたアイネ・クロシンテを買ったのは、お前か？　なるほど、それは探す手間が省けた」

僕の問いかけに対して、ヴァウルはそうはっきりと答えた。帝国の騎士が、わざわざアイネを追ってここまでやってきたのだ。

「何故、アイネを狙う？」

「それを話すと思うか？」

「……そうだね。騎士であるのなら、それこそ国事に関わるのであれば、話すようなことはしないだろう。逆に言えば、帝国側が騎士を使ってまで手に入れたいものが、アイネにはある——そういうことだね」

答えを聞かずとも、アイネにはそれだけの価値がある、ということだ。

ラルハを倒すほど腕の立つ騎士を送り込んできたのだ――以前にドミロと言う魔導師が言っていた、『性属の首輪』が関係しているのだろうか。

「……大人しくアイネ・クロシンテを引き渡せば、生かしておいてもよかった――そう思ったが、勘繰りすぎる小僧だ。やはり、二人とも斬っておくべきだな」

「僕を斬れると思うのか？」

「ああ――やれるとも」

ヴァウルが構えを取った。

僕もそれに応じて、剣先を向ける。

「ま、待て……リュノア。アイネのところに、早く戻りな。あいつが、一人とは限らないんだ」

「……もちろん、すぐに戻ります。ですが、あなたを見捨てて戻ることはできない。僕はアイネを守り抜くと決めたけれど、それを理由にあなたを見捨てることはしない。アイネはきっと、それを望まないから」

「バカ、言ってんじゃないよ。あんただって、万全の状態じゃないんだ。片目が見えていない状態だっていうのに……」

「ほう、その目……怪我を負ったばかりなのか？」

ラルハの言葉を聞いてか、ヴァウルが問いかけてきた。

まだ、僕の眼帯は取れていない――確かに、万全の状態ではないと言える。

けれど、目が使えない状態でも戦えるようになったのは、ラルハとの修行があったからだ。

「片目くらいなら、君を倒すのに何も問題はない」

「ふっ、大した自信だな」

「リュノア……！　いくらあんたでも、こいつを倒すには時間が――」

「十秒で終わらせます」

ラルハの言葉を遮って、僕はそう宣言をした。

ヴァウルは僕の言葉に、わずかに眉をひそませ、

「十秒か――それは俺の台詞だ」

剣を振るうと同時に、僕の周囲に『魔力の刃』が出現した。ヴァウルの得意とする魔法なのだろう。すぐに、僕は行動に出る。

――一秒。前方に発生した剣に対して、僕は剣に魔力を巡らせて、叩き斬る。十数本と並んだ魔力の剣は、ちりばめられた宝石のようになり、僕はその中を駆ける。

――二秒。後方から追ってくるように飛翔する魔力の刃を躱し、僕はヴァウルとの距離を詰めた。再び、前方に魔力の刃が構成される。

僕はステップを踏んで、右側へと進路を変更した。

――三秒。僕の移動した進路の先にも、魔力の刃が出現して降り注ぐ。それを躱し、剣で弾いて回り込むように動く。僕の動きに対しても、ヴァウルは上手く反応してくる。

だが、彼が僕との距離を詰めてくることはない。

僕は小さな声で呟く。

「なるほど、理解した」

――四秒。前方から迫る魔力の刃を全て捌き、僕はヴァウルとの距離を一気に詰める。

驚きに目を見開くヴァウルの表情を視界に捉えた。

――五秒。ヴァウルが左手を振るい、空中を舞う魔力の刃を、一斉に僕に向かって打ち込んでくる。

だが、それよりも早くヴァウルとの距離を詰めた。

僕は剣を強く握り締め、斬り上げるように振るう。対するヴァウルは、それを受けるような形となった。

「反応できないと思ったか？」

――六秒。僕の剣を、ヴァウルは受けきる。

キィン、と周囲に響くのは金属音。剣と剣がぶつかり合い、火花が散る。鍔迫り合いの形になり、僕の動きはそこで止まった。

にやりと、ヴァウルが笑みを浮かべる。

「十秒だったか？」

「ああ」

「これで、七秒。どうやら十秒経つ前に、俺の剣がお前を仕留めるようだ」

――七秒。周囲に浮かぶのは魔力の刃。僕とヴァウルを覆うようにして、その剣先が向けられる。このまま僕の動きを止めた状態にして、魔力の刃を振り下ろす――それで、彼の勝ちだろう。

「リュノア……ッ！」

ラルハが僕の名前を叫ぶ声が、耳に届く。

僕はわずかに彼女に視線を送り、笑みを浮かべた。心配ない――そういう意味で、だ。

「どうやら、十秒いらなかったのは僕みたいだ」

「何？」

――八秒。僕は身を屈めるようにして、わずかに剣を握る力を弱める。

ヴァウルの力の方が勝り、僕を押し込めるような形になって——僕はそのわずかな動きに合わせて、刃を滑らせる。バランスを崩したヴァウルの左側に回り込み、僕は彼の左腕の肘から下を斬り飛ばす。

「な、に——!?」

——九秒。ヴァウルが魔力の刃を操作するのに、意識して動かす必要があるのは左手だ。戦いの中でそれが理解できた。

だから、動かす瞬間と僕を抑え込むことに集中している瞬間が合わさって生まれた隙を突いたのだ。

僕は後方に回り込み、ヴァウルが振り返って——

「ふっ」

一呼吸。今度はヴァウルに防ぐ間も与えず、彼の右腕を斬り飛ばす。

「な、がっ!?」

驚くヴァウルの喉元に剣先を突き立てた。

「これで十秒——あなたの魔法を封じた時点で僕の勝利は確定していたけれどね」

ピタリ、と互いに動きを止める。両腕を失ったヴァウルに、もはや打つ手は残されていないだろう。

ヴァウルは驚きに満ちた表情のまま、僕を見る。

「お前、一体……!?」

「僕のことはどうだっていいだろう。それよりも、他に仲間が来ているのか？」

この男一人であれば、それで片が付く。

だが、一人でやってきているとは考えにくい。

「……それに答えれば、俺を見逃す――そういうわけか？」

両腕を失った痛みに耐えながら、ヴァウルは問いかけてきた。

その表情を見れば分かる――何も話すつもりはない、と。

それならば、話は早い。

「勘違いさせてしまったかな。僕はアイネを狙う者を、逃がすつもりなんてない」

「それが、交渉になると思――」

ヒュンッと風を切る音が周囲に響き渡る。ヴァウルの最期の言葉を聞き終える前に剣を振るい、彼の首を斬り飛ばした。

「聞いてすぐに答えるのならばよし。答えないのならば、それまでだ。悪いけれど、僕は君達に対してだけは、絶対に容赦をしないことにしたんだ」

剣を鞘に納めて、ラルハの方に振り返る。

「はっ、はは……あんた、あたしが思ってる以上に強い男になったん、だね」

ラルハは乾いたような笑い声を上げながら、そんな言葉を口にした。

＊＊＊

アイネは一人、夕食の支度を終えてリュノアの帰りを待っていた。

リュノアが自宅を出てから、それほど時間は経っていない――そう思っていたが、気付けばすっかり日が暮れて、窓の外を眺めると月明かりが視界に入ってくる。

「もう夜、ね」

夜に一人になるのは、いつ以来だろう。

ここ最近は、リュノアとずっと一緒だった。

少し前までは、先行きなどまるで分からない――そんな生活を強いられていた。

けれど、今はリュノアがいる。離れていても、アイネが彼の強さを一番よく分かっている。

仮に、ラルハとの間に何かあったとしても、リュノアなら大丈夫だろう――そんな確信が、アイネにはあった。

だから、アイネは一人待ち続ける。

「……でも、やっぱり私も何かしたいなぁ」

ちらりと、壁際に立てかけられた剣に視線を送る。

以前、リュノアが買ってくれた、アイネの新しい剣であった。

まだ買ったばかりで、ほとんど使ってもいない新品。手入れは欠かさず行っているが、今日も結局使うことができなかった。

「結局、仕事もあまり手伝えてないし」

アイネは少し気にしていた。

リュノアはアイネの剣術を評価してくれている――それなのに、一緒に生活していてそれを振るう機会が少ない。

アイネの『奴隷』としての価値を見るのならば、戦闘においては十二分にその価値を発揮できていると言える。

多少は落ちてしまったと思っていた剣の腕も、リュノアと時折行う修行によって、勘を取り戻してきた。

もちろん、リュノアが戦うことを望んでいるとも思わない。

むしろ、極力アイネには戦わせないようにしようとする意思が、強く伝わってくるくらいだ。その気持ちに甘えることが、アイネにとって良いものなのか分からない。

剣を握って、リュノアと共に戦いたいのか。

それとも、リュノアと一緒にさえいられたらいいのか――高みを望めば、今の生活すらもなくなってしまうような、そんな不安感が襲ってくる。

「大丈夫……」

自らの首元に触れる。冷たい鉄の枷の感覚――いつかこれが外れたら、リュノアと対等な立場になれるのだろうか。そんなことを考えていると、

「！　リュノア？」

誰かが自宅に向かってくるのが分かった。

この近辺では人通りも少なく、リュノアの家を誰かが訪れようとすれば、すぐに分かる。

アイネはすぐに出迎えようとしたが、わずかな違和感を覚えて、動きを止めた。

言葉では言い表せない――妙な感覚。やってきたのはリュノアではない何者かだということだけが、アイネには理解できてしまった。

警戒するように、アイネは自らの剣を腰に下げ、柄に触れるようにして扉の前に立つ。

「……誰かいるの？」

アイネは確認するように言う。

だが、返事はない。ゆっくりと扉を開く。

すでに外は暗くなって、近くの家屋には灯りがちらほらと確認できるような時間だ。

アイネは周囲を見回した。

（……誰も、いない？）

間違いなく誰かいたはずなのに、扉を開いても誰も確認できない。違和感だけが、ひたすらに残り続ける。

（この感覚。何か、覚えが……）

急な不安感に襲われる。背筋が凍るような、そんな感覚。

アイネはこの違和感の正体を知っている――剣の柄を強く握り、アイネはさらに一歩を踏み出した。

「――」

瞬間、ヒュンッと風を切る音が響き渡った。

左に跳ぶようにして、アイネは剣を斬り上げながら下がる。

アイネの振るった剣が直撃した感覚はない。けれど、間違いなく『何か』がいた。

勢いのままに地面に着地すると、アイネは周囲に意識を向ける。すると、

「ほう……中々良い反応をしますね。アイネ・クロシンテさん」

「っ！」

丁寧な男の声が、何かに反響するようにしながら耳に届く。その方向を見ると、気付けば鎧姿の大男がそこに立っていた。

先ほどまで、気配などまるで感じさせなかったというのに、だ。

そして、アイネにはその姿に見覚えがあった。

「あ、あなたは……！」

「お久しぶり、と言うべきですか」

アイネも何度か会話をしたことがある。

「ジグルデ・アーネルド、様……」

帝国の英雄――そう呼ばれる騎士の一人。それが、目の前に立つジグルデであった。

大柄な体格とは裏腹に、物腰柔らかな態度で騎士達からの信頼も厚い。

アイネも、その評判は聞いていたし、実際に話してみると優しげな雰囲気があった。

過去に、手合わせをしたこともある相手だ。

「どうして、あなたがここに……？」

アイネがそんな疑問を口にする。

ジグルデは英雄と呼ばれる存在――そんな人物が、国を離れてわざわざアイネの下を訪れるなど、普通ではあり得ない。

帝国の騎士達には、きっとアイネは罪人として知られているはずだ。

アイネは警戒心を強めるが、

「ふふっ、愚問を。貴女を迎えに来たのですよ」

ジグルデは、そう口にした。

予想外の言葉に、アイネは驚きを隠せない。

「迎え、ですか？」

「その通り。貴女に罪を着せ、奴隷にして売ろうとした者がいます。私はその事実を調査するために派遣されました」

「！」

アイネは目を見開いた。アイネに罪を着せた――その話は、すなわちアイネが騎士を辞めさせられることになった原因だ。

ジグルデが言っているのは、アイネの容疑が晴れるかもしれない、ということ。

だから、アイネを連れ戻しに来たのだ、と。

そんな願ってもない話を聞かされるなんて、思ってもいなかったことだ。

「本当、ですか？」

「ここで嘘を吐いて、私に何のメリットがあると言うのです？　それとも、私が信用できませんか？」

「それは……」

目の前に立つのは、アイネがかつて騎士として活動していた国の英雄――信用するには、十分すぎる存在であった。

（ジグルデ様は、帝国の英雄……彼が言うのだから、私の容疑を晴らせる可能性は、十分にあるわ。でも――）

まだ、リュノアが戻ってきていない。

それに、アイネが帝国に追われているという事実は変わらないのだ。

何より、ジグルデは明らかに気配を殺してアイネに近づいてきた――本当に容疑を晴らすつもりであるのなら、わざわざ姿を隠す必要はなかったはずだ。

縋りつきたくなるようなわずかな希望でも、アイネは剣の柄を握りしめたまま、警戒を緩めない。

そんなアイネに対して、ジグルデは手を差し伸べる。

「私と共に戻りましょう、アイネ。貴女の身の安全は私が保障しましょう」

言葉通りであれば、ジグルデの手を取れば、少なくとも英雄の庇護下に身が置かれることになる。

それはきっと、今の生活を続けるよりは安全と言えるのかもしれない。

けれど、アイネは首を縦には振らなかった。

「……ジグルデ様を信頼していないというわけではありません」

「では――」

「ですが、私は今……帝国の人間に狙われています」

アイネは事実を口にする。

王都では、帝国の魔導師に襲われたのだ。

彼らもアイネを帝国に連れ戻そうとしていた――ならば、ジグルデを完全に信用することは、今のアイネにはできない。

「……ほう、帝国の者に？」

「はい、理由は分かりませんが」

分からない――というのは嘘だ。

帝国側の人間は、アイネに着けられた『性属の首輪』を狙っている。

この首輪にどういう意味があるのか分からないが、少なくともアイネを欲している理由はそこにある。

ジグルデは少し考えるような仕草を見せる。

「つまり、私を含めて帝国そのものに不安がある……と？」

「そこまでは言いません。けれど、私には一緒にいる人がいます。その人にまず話してから、この先のことは決めたいと思っているんです」

アイネははっきりとそう告げた。

仮に帝国に戻るにしても、リュノアに相談せずしてそのようなことは決められない。

もし、リュノアが行くなと言うのであれば、容疑を晴らせる可能性があったとしても、アイネは戻らないつもりでいた。それが、アイネの答えであった。

「……なるほど。では、その方が戻るまで少し待ちましょうか」

驚くくらい素直に、ジグルデがアイネの提案を受け入れた。

アイネは思わず、面を食らった表情でジグルデを見る。

「驚くようなことがありますか？　私が貴女のことを狙っているとでも？　ふふっ、そのようなことは決してありませんので」

ジグルデの声色はあくまで優しげだ。

それこそ、アイネのことを本当に心配しているかのように感じられる。

相手は国の英雄と呼ばれる存在――警戒する方が、どうかしているのかもしれない。

アイネがそう考えてしまうくらいに、ジグルデからは敵意を欠片も感じることはなかった。

わずかに警戒を緩めるように、アイネは柄から手を離す。

「……そう、ですよね。ごめんなさい、変なことを言ってしまって」

「いえいえ、構いませんよ。さっ、私は外で待たせていただきますから。貴女は家の中で……外は冷えますからね」

スッとジグルデが自宅の方を手で指し示す。

アイネはそれに従って、ゆっくりと歩き出した。

ジグルデに動きはなく、アイネはジグルデの横を通り過ぎる——瞬間、明らかな殺気を感じ取り、アイネは即座に剣を抜き放って、その一撃を防いだ。

「——っ！」

だが、強い力によってアイネの身体が吹き飛ばされる。空中でバランスを取りながら、アイネはすぐにジグルデの方に視線を送った。

ジグルデの手に握られているのは大剣。彼の体格からすると、直剣くらいのサイズだろうか。片腕で軽々とそれを振るっていた。

「おや……今のタイミングなら、確実に首を落とせたと思ったのですが。やはり良い反応

ですね」

ジグルデは悪びれる様子もなく言い放つ。

――アイネを殺すつもりであったと、明確に言葉にしたのだ。

「どういうつもり――いえ、聞かなくても、そういうことよね」

「やれやれ……今更どう言い訳しても取り繕えませんから、正直に話しましょう。私に従って一緒に来るか、それともここで死ぬか――どちらか選びなさい」

優しげな口調だけは変わらずに、ジグルデが言い放った。

そんな選択肢を提示されれば、アイネの選択など一つしかないに決まっている。

アイネは剣を構えて、ジグルデの前に立つ。

相手は帝国で英雄と呼ばれた男――逃げることは難しいだろう。それに、この男の力は下手をすれば、リュノアにとっても脅威になる。

「あなた――いえ、あんたなんかと一緒に行くわけないでしょ」

「そうですか。では、残念ではありますが――死ぬしかありませんね」

ジグルデが剣を構えた。

アイネは剣を構えたまま、様子を見るようにジグルデとの距離を取る。

ジグルデの能力については、ある程度理解している。

『気配殺し』とも呼ばれる彼の力は――大柄な体格であるにもかかわらず、近づかれてもその存在に気付くことができないほどだ。

アイネも過去に一度体感したことがある。その既視感のある状況でジグルデの存在に気付けたのだ。

あと少し遅れていたのなら、アイネはもうこの世にはいなかっただろう。

瞬きの間ですら、警戒を緩めることはできない。

アイネからは、仕掛けることは難しかった。

「どうしました？　貴女が得意とするのは剣術でしょう。近づかずして、私に勝てるとでも？」

「……」

ジグルデの挑発するような言葉にも、アイネは反応しない。誘っていることが丸わかりだ。

今は気配を確実に捉えているが、少しでも油断すれば、近い距離にいてもジグルデを見失ってしまう。

それが、英雄と呼ばれる彼の力。どちらかと言えば、剣士というよりも暗殺者に適していると言えるだろう。

実際、十数人といた敵を単独で気付かれることなく、全て暗殺したという話も聞いたことがあった。

どう動くか――アイネが考えていると、

「来ないのなら、私から行きますよ」

ジグルデが一歩、前に踏み出す。

ガシャンッと鎧の音が周囲に響き、アイネは身を強張らせた。

単純な剣術勝負であっても、斬り合って勝てるかどうか分からない相手だ。

ジグルデから一切、視線を逸らすことはない――それなのに、アイネはジグルデを見失った。

「……!?」

(嘘……確かに視界に捉えていたのに……!)

瞬間、動揺したアイネであったが、すぐに周囲を確認する。鎧姿である以上、速く動けば音が響くはずだ。

だが、そんな音も聞こえてくることはない。

アイネが頼れるのは――気配。近づいてくるという、曖昧だけれど確実な感覚だけがそこにはあった。

「――」

アイネはその場で低く身を屈め、後方に一撃を放つ。

キィン、と金属音が鳴り響き、アイネの頭の上に風を切る音が届く。すぐに後方へと下がり、アイネは構え直した。

先ほどまでアイネがいた場所のすぐ後方に、ジグルデが姿を現す。

「ほう……殺気だけで私の一撃をかわし、あまつさえ反撃すら加えてきますか」

感心したようにジグルデが口を開いた。

アイネは小さく息を吐き出し、剣先を向ける。

「……あんたのこと、倒すイメージの練習は何度も繰り返したもの。ほとんど気配は感じられないけれど――決してないわけではないわ。それが、『殺気』。私を殺そうとする瞬間にだけ、それは隠せない」

アイネは自身より強い者との戦いを、イメージの中で繰り返してきた。

帝国に属する騎士の中には、アイネより実力が上の者が何人もいる――その全員を超えるために、だ。

かつては反応できなかったが、今のジグルデは明確にアイネを殺そうとしている。

それが逆に、アイネがジグルデの攻撃に反応できる糸口となった。

意識しても、その瞬間の殺気を消すことはできないだろう。

「ふむ、なるほど。そのわずかな殺気だけを頼りに私の攻撃をかわす……。それはもはや、奇跡と呼べるレベルのもの――果たして、何度も奇跡を起こせますか？」

言葉と同時に、ジグルデが再び姿を消した。

目で捉えていたはずの存在が、目の前で消える――そんなあり得ない状況でも、アイネは冷静だった。

対人戦は久しぶりであったが、アイネの感覚はいつも以上に研ぎ澄まされている。

命がけの戦いが、アイネの力を呼び覚ました。

今のアイネならば、ジグルデとまともに斬り合っても引けは取らないだろう。

（リュノアが戻ってくる前に、こいつを倒す……！）

アイネの中にある気持ちは、そればかりであった。

ジグルデはアイネを狙ってやってきた――それはつまり、リュノアが戻ってくれば戦いになる。帝国の人間が、またリュノアと戦うことになるのだ。

リュノアと一緒にいたいからこそ、アイネも頼ってばかりはいられない。

全身の神経を研ぎ澄まし、アイネは集中力を高める。

ジグルデの気配はまだ感じられない。

まるで時が止まったかのように、アイネはその場からは動かなかった。
やがてやってくる瞬間――そこに、アイネが付け入る隙があるのだ。
その時は、すぐに訪れる。
(――今!)
再び後方から感じ取った殺気に合わせて、アイネは振り返りながら一歩を踏み出す。
勢いのままに一閃。ジグルデに対して確実な一撃を放つ――放ったはずであった。
「……なっ」
(手ごたえが、ない……!?)
アイネの放った一撃は、虚空を斬る。
確かにそこに、ジグルデの殺気を感じた。
間違いなく彼はいたはずなのに、アイネの剣は届かなかったのだ。
すぐにアイネはその場から離れようとするが、
「残念。私も同じ手は食いませんよ」
アイネのすぐ右側から、そんな声が聞こえてくる。
そこには、大剣を高く振り上げたジグルデの姿があった。
受け切れるかは分からない――けれど、アイネはすぐに防御の姿勢を取る。

振り下ろされた一撃を、アイネは剣で受けた。

真っ直ぐ受ければ、剣をへし折られてアイネの身体は両断されてしまうだろう。

だから、わずかに剣を逸らしながら、威力を流すようにする。

金属の擦れる音を周囲に響かせながら、アイネはジグルデの一撃を受け流す。だが、

「捕まえましたよ」

「！　しまっ――うあっ」

ジグルデが剣を振り切った直後、アイネは受け流すのがやっとで、すぐに動き出せなかった。

右腕を掴まれると、アイネの身体が宙に浮く。その勢いのままに――鈍い音が鳴った。

「あ、ぐぅ……！」

腕に感じた鈍痛に、アイネは苦悶の表情を浮かべる。

「利き腕の骨を折らせていただきました。貴女の剣術は優秀ですが、戦いとは常に変化するものです。剣術以外のことにも気を配らなければなりませんね。もっとも、私の姿を捉えるのに全神経を集中させていたわけですから、それも難しかったでしょうが」

ジグルデは剣術にも優れるが、それ以上に気配を捉えるのに神経を使うことになる。

アイネはジグルデの剣を受けながらも、その姿を見失わないように集中を続けていた。

　だからこそ、腕を掴まれて無力化されるという事態を想定できなかったのだ。

　アイネの華奢な身体を、ジグルデは軽々と持ち上げる。

「ほう。骨を折ったはずなのに、剣は握ったままとは……感服します」

　腕は折られても、アイネは剣を手放すことはしなかった。

　ジグルデに握られたままの腕の痛みは、徐々に増していく。

　それでも、アイネは気丈にジグルデを睨みつける。

「……っ。骨を折るだけ、なんて……どういうつもり？　私を殺すんじゃなかったの？」

「言ったでしょう。戦いとは常に変化するもの——今の戦況は、私が圧倒的に有利です。この状況で貴女の気持ちを聞いておきたくて」

　今の状況ならば、ジグルデは簡単にアイネを殺すことができるはずだ。

　それなのに、アイネの腕を折るだけで済ませている——その理由は、アイネにもすぐに理解できた。

「帝国に、一緒に来いってこと？」

「そうすれば、これ以上手荒な真似をしないと約束しましょう。無論、抵抗するのであれば……分かっていますね？」

　ジグルデは握る力を強めた。

思わず声を上げそうになるのを耐え、アイネは荒い呼吸を繰り返しながら、ジグルデに問いかける。

「……あんた達の狙いは、何なのよ。この首輪に、そんな価値があるって言うの？」

訳も分からず狙われている――今の状況に、アイネが納得できるはずもなかった。

帝国の者が狙っているのはアイネの着けている首輪である。

それを狙うのであれば、初めからアイネに着ける必要はなかったし、奴隷として売る必要もなかったはずだ。

「ふふっ、ありますとも。実のところ、私は貴女に期待しているところもあるのです」

「期待って、何を言っているの……？」

「その首輪の本当の力を――引き出してくれるのではないか、と。まあ、これ以上話す必要もないことですが」

「首輪の……あ、くっ」

腕の痛みに、アイネは苦悶の声を漏らした。

ジグルデは再び、アイネに問いかける。

「さあ、無駄話をするつもりはありませんよ。三秒以内に選びなさい。私と共に来るか――ここで死ぬか」

ジグルデの力がさらに強まり、ミシリとアイネの腕の骨が鳴る。すでに折れているにもかかわらず、骨が砕けるのではないかという圧力が加えられた。

ここで抵抗する意思を捨てれば、アイネのことを生かしておくつもりらしい。

だが、アイネが考えていることは、この状況を打開する方法であった。

（腕は折られて、捕まったまま。私にもう一本剣があれば、逃げられるかもしれない、けど……）

思考を巡らせても、方法は浮かばない。

アイネの力では、ジグルデの手から逃げるのは難しいだろう。

今の状況で、下手な小細工が通用するとも思えない――完全に、追い詰められた状態だ。

アイネが答えないのを見て、ジグルデが小さく嘆息する。

「……仕方ありませんね。上辺だけでも従うようであれば、生かしておくこともできたのですが。貴女にはここで――」

「その薄汚い手を離せ」

「っ！」

アイネとジグルデは、同時にその声の主を見た。

アイネすら、近づいてくる彼の気配に気付けなかった。

ジグルデの腕に向かって、一切の迷いもなく剣を振り下ろすリュノアの姿が、そこにはあった。

ヒュンッと風を切る音が響き、アイネは空中に放り出される。

けれど、すぐに身体が支えられる。顔を上げれば、そこにはアイネの大事な人がいた。

「リュ、リュノア……!?」

「……すまない、アイネ。僕がすぐに戻るべきだった」

アイネの右腕を見て、リュノアがそんな謝罪の言葉を漏らす。

アイネは右腕を隠すような仕草をしながら、ふるふると首を横に振り、

「……謝らないでよ。本当なら、あんたが戻ってくる前に決着をつけるつもりだったのに」

そう、本音を吐露する。

リュノアが戻る前に決着をつけて、何食わぬ顔で彼を迎えたかった。

だが、アイネがそれをするには実力が足りなかった——そのことに、アイネはただ悔しさを感じている。

「決着……そうか。この男も帝国の人間、か」

リュノアがジグルデを睨むように、視線を送る。

「『この男も』って、まさかラルハさんが……!?」

リュノアはラルハの下へと向かったはずだった。

戻ってきてその言葉が出るということは、ラルハも帝国の人間と何かあった、と考えるのが自然だ。

「その話は追々にしよう。少なくとも、ラルハさんは無事だ。心配する必要はない」

リュノアの言葉を聞いて、アイネはほっと胸を撫で下ろした。

「ここからは僕がやる。アイネ、君は休んでいてくれ」

リュノアはそう言って、剣を振るった。ピシャリ、と刀身についた血液が飛散する。

前方に立つジグルデは、深く斬られた腕を見て頷く。

「あと少し深ければ、骨にまで達していたでしょう。ところで、貴方がアイネさんと一緒にいる男で間違いないですね?」

「その確認に意味はあるのか? 君は……僕の大切な人に傷をつけた。問答の必要など一切ない――ここで斬る」

思わず、アイネはリュノアのことを見る。

その表情は冷静だが、怒りに満ちているのが分かった。

後ろで控えるアイネが息を呑むほどの気迫である。

それを受けても、ジグルデの余裕の態度は崩れない。

「ふふっ、実力の伴わぬ大言であれば笑って終わりなのですが……貴方はそれを可能にし得る実力者のようですね。故に、私も本気でお相手しましょう」

ジグルデが言葉と共に、構える。

それに呼応するように、リュノアも構えた。

『帝国の英雄』と『二代目剣聖』――二人の戦いが、始まろうとしていた。

＊＊＊

僕は大柄の騎士と対峙した。

騎士の握る剣は大剣と呼べるほどのサイズだが、それを軽々と片手で握っている。確実に腕を斬り落としたつもりだったが、骨まで達することなくかわされた。

騎士は腕に布を巻き付け、傷を止血する。

「傷を負わされたのは、いつ以来でしょうね」

グッと手を握るようにして、騎士は感覚を確かめている。

見る限り、僕の与えた一撃はダメージにもなっていないようだった。

「あいつは、ジグルデ・アーネルド――帝国では『気配殺し』と呼ばれる英雄騎士の一人よ」

「英雄……そんな奴が、君を狙っているのか」

アイネの言葉に、僕は少し驚いた。騎士――ジグルデは肩を竦めて、

「英雄と呼ぶのはあくまで他人。しかし、私は必要だから彼女を欲しているのです。正確には、彼女の首輪を取り戻すつもりですが」

アイネの首元を指して言った。

その言葉に怒りを覚えるが、努めて平静を装う。

「アイネを奴隷に堕としておいて、今更首輪を求めるのか」

「もちろん、必要があるのですから。どうです？　彼女を素直に渡せば、ここは穏便に済ますことも――」

「最初に言ったはずだ。問答はしない」

僕は地面を蹴って、ジグルデとの間合いを詰める。

フェイントなどかけず、真っ直ぐにジグルデに向かい――距離を詰めたところで見失った。

「っ！」

僕は一度、足を止める。確かにそこにいたはずのジグルデの姿が、一切見えなくなったのだ。

「ジグルデは姿も気配も消せるのよ！　でも、すぐ近くにいるはずだからっ」

「なるほど。騎士を名乗る割に、姑息な手を使うね」

剣を構えたまま、僕は周囲の様子を探る。

鎧姿であったにもかかわらず、金属の擦れる音もぶつかるような音も一切聞こえない。気配もなく、視界には姿が見えない。完全に消え去っている――だが、そういうことを可能とする魔物がいることも、僕は知っている。暗闇に紛れ、擬態するタイプの魔物だ。

人間がその技術を使うことには驚きだ。

それに、目にも見えず音も聞こえない――おそらく、嗅覚に対する対策も講じているだろう。

その場から動いていないのか。それとも僕との間合いを詰めて確実に仕留める機会を狙っているのか、それは分からない。

だが、僕のやることは一つだ。

「……来い」

静寂が周囲を包み込む。全ての神経を研ぎ澄まし、僕が迎えるのはわずか一瞬の気配

――その時は、すぐに訪れた。

「っ！」

キィン、と金属音が周囲に鳴り響く。感じ取った『殺気』は前方から。

眼帯を付けた側を狙い、ジグルデは攻撃を仕掛けてきた。

気配を消せるにもかかわらず、僕の死角から狙ってくるとは、随分としたたかな動きをするものだ。

ジグルデの放った一撃を受け流し、僕はそのままジグルデを間合いに捉える。

きっと、アイネも同じ方法で彼と戦ったのだろう。

気配を消したところで――攻撃する瞬間に溢れる殺気は、消すことができない。

ほんのわずかしか感じ取れないだろうその感覚を頼りに、ジグルデの一撃を防いで反撃に出る。

横一閃――放った一撃は、ジグルデの腹部を捉えた。

ジグルデはステップを踏んで後方へと跳ぶ――体格の割には素早い反応をする。手応えはあったが、致命傷にはなっていない。

ジグルデは腹部を押さえながら言う。

「彼女といい……今日だけで、私の技を破る者が二人もいるとは驚きです。気配に敏感な魔物ですら、私に気付かれずに首を落とされるというのに」

「その魔物に気付かれることなく斬ることだって、やろうと思えば僕にもできる。何もしていない状態で気配を殺すことは難しくはないけれど、攻撃の瞬間の気配を消すことは――不可能だ」

魔物の中には、人間とは比べ物にならないレベルで気配に敏感なモノも存在する。

身を隠して息を潜めていても、獲物を探し出して狩りをする――そんな魔物に気付かれずに接近し、確実に仕留める。

そういう戦い方も、僕は学んできた。

ジグルデが気配を消している間は、確かに僕でも気付くことはできないレベルだ。

だが、攻撃の瞬間に出る殺気だけは、どれほど気配を消そうとしても感じ取れる。そこを突けばいいだけの話だ。

「確かにその通り。ですが、それに反応できる人間がいるかと言われれば、ほんの一握りでしょう」

「僕がその一人だったのが、君の運の尽きだ」

ジグルデに剣先を向けて、言い放つ。

完璧に気配を消し去り、暗殺術のように攻撃を行う――それが彼の戦い方であり、僕はそれに対応できている。

だが、ジグルデの余裕の態度は崩れない。

「運の尽き――ですか。まだ、私は貴方に殺されてはいませんよ？」

挑発するように、ジグルデが手招きをする。

「心配しなくてもいい。すぐに終わらせる」

剣を構え、僕は駆け出した。

今度こそ、確実にジグルデを斬る――狙うは首元。ヒュンッと風を切る音が響き渡る。

再び、そこにいたはずのジグルデの気配が消滅した。

これほどの体格で、見事な技だ。確かにこれを会得するには、並大抵の修行では不可能だろう。

けれど、僕の前では意味を成さない。

ジグルデがやってくるのを待ち構える。

すぐに、後方から攻撃を仕掛ける気配を感じ取って、僕は振り返り様に一撃を繰り出す。

だが、

「……！」

「リュノア……!?」

アイネも驚きの表情を浮かべているのが、僕の視界に映った。

確かに気配を感じ取った。振り返り様に、ジグルデの姿も確認した。

僕はそのジグルデを斬ったはずなのに、その感覚が一切ない。

まるで湖面を斬ったかのように揺らぐ姿を見て、僕はすぐに理解する。――これは魔法だ。

刹那、感じ取ったのは、後方からの気配。前方へと跳び、僕はすぐに振り返る。

そこには、大剣を振り下ろしたジグルデの姿があった。

「ただ気配を消し去るだけであれば、誰にでもできること――確かにその通りです。無論、私はその程度で英雄と呼ばれる実力を得たわけではありませんよ」

「……確かに、そのようだね」

背中にわずかな痛み。掠り傷程度だが、ジグルデの一撃が僕に届いた。気配を殺すだけではない――ジグルデは、気配を偽ることができるのだ。

「滅多なことでは使う魔法ではありません。何せ、基本的には私が気配を殺して近づき、剣を振るえばそれで終わるのですから。むしろ、これは光栄なことだと思いなさい。これが――私の全力です」

「……なるほど。確かに気配まで偽れるのであれば、僕が頼れるものは何もないことになる」

「気配だけではありませんよ」

ジグルデが僕の言葉を否定した。直後、

「姿も——」

「声も——」

「位置も——」

「全てが偽りなのです」

周囲から聞こえてくるのは、いくつもの声。同じ姿の騎士が、何人も立っている。

それがカムフラージュであることはすぐに理解できた。

ジグルデの気配は消えたり、感じ取れるようになったりを繰り返している。

視覚による幻惑に加え、音や気配までもバラバラだ。

僕でも、本物のジグルデがどこにいるのかは分からない。だが、

「幻惑で数を増やせば、僕に勝てると？　本物は一人しかいない」

たとえ全てが偽りだったとしても、その事実は変わらない。

偽物の放つ一撃は、僕に傷を負わせることはできないのだ。

ジグルデは僕の言葉に頷き、

「そうですね、これでも貴方を殺せないでしょう。私の見立てでは――残念なことに私より貴方の方が強い。何せ、幻惑を使いながらも貴方に与えられた一撃は、ただの掠り傷なのですから。ですが、やり方はいくらでもあるということです」

そう言うと、ジグルデの声が消えた。

だが、幻惑は残されたままだ――ありとあらゆる方向からくる殺気は、ジグルデの放つ一撃を隠す。

それでも、ジグルデの言葉通りだ。

僕は幻惑の中でも、ギリギリで本物の一撃を見極めることができる。

だからこそ、ジグルデの攻撃を避けることができたのだから。ここでも、かつて暗い洞窟の中で、ラルハと共に修行を積んだ経験が生きたというものだ。

次で確実に仕留める――僕はそのために、剣を構える。

ジグルデは様子を見ているのか、すぐには仕掛けてこない。

目の前に現れるジグルデの姿にも、惑わされることはない。

まるで本当に斬り殺されるのではないか――そんな感覚すらありながらも、幻惑の振り下ろす一撃を僕は避けない。

攻撃を放った幻惑は、ゆらゆらと消滅していく。

これを続けたところで、僕が隙を見せることはない。全くもって、意味もない行動のはずだ。

ならば、ジグルデは何を狙っている……？

僕に隙がないとすれば、ジグルデが取る次の手は――

「まさか」

気付くのが遅れた。

僕はアイネの方に視線を送る。

少し離れた距離で、僕とジグルデの戦いを見守る彼女の姿。その後ろに――本物のジグルデが立っていた。

気配を殺し、幻惑を僕に仕掛けて、ジグルデが狙っていたのは初めから、アイネの方であった。

「私の勝利条件は、貴方を倒すことではないのです。アイネ・クロシンテを殺せば、それでお終いなのですから」

「――え？」

「アイネッ！」

アイネも気付いた。

だが、すでにジグルデは剣を振り上げている——防ぐことも、避けることもできないだろう。

僕の位置からも、アイネのところまでは間に合わない。

「まともに戦えば、おそらくは貴方が勝っていたでしょう。ですが、この勝負は——私の勝ちですね」

——無情にも、ジグルデの一撃はアイネに向かって振り下ろされた。

第四章

リュノア・ステイラーは平凡な家系に生まれた少年だった。

小さな村の出身で、両親は共にその村で育って結婚に至り、リュノアを育てた。

魔力は平均よりも低く、根は優しいが故に争いごとは好まない。

体格も恵まれているわけではなく、リュノアが将来、冒険者になるとは誰も考えもしなかっただろう。

それは、リュノア自身も同じ考えであった。

どちらかと言えば平凡を下回る彼に、唯一『特別』があったとすれば——アイネ・クロシンテという存在である。

アイネの父は冒険者としても名の知れた男で、アイネのことを幼い頃から鍛えていた。

村の子供達も、初めはアイネの父とアイネの修行に望んで参加する者は多かったが、いつしか誰もついていけなくなっていった。

——リュノアだけは違った。

初めは見学程度のつもりで、傍で見守っているだけであった。

リュノアは別に、剣の修行に興味があったわけではない。

だが気付けば、リュノアはアイネに誘われて剣を握っていた。

当たり前のように、リュノアではアイネに勝てない。

何せ、彼女には才能があって、リュノアはただ平凡な男の子だったからだ。

それでも、リュノアは彼女と共に修行を続けた。

理由は単純――剣を振るう彼女は、とても美しかった。

それが、リュノアの抱いた気持ちである。子供ながらに、これが『一目惚れ』というものなのだと、リュノア自身が理解したくらいだ。

「来なさいっ」

「うん、いくよ――やあっ！」

いつも、自宅から少し離れた森の近くで、リュノアとアイネは修行をする。

端から見れば、明らかにレベルの違う二人が稽古をしているように見えただろう。

リュノアとアイネには、それだけの力量の差があった。

リュノアが真っ直ぐアイネに向かうが、軽くあしらわれ、リュノアはその場に転ぶ。

「……っ」

「ふっ、まだまだね」

勝ち誇るアイネに対し、リュノアは座り込んだまま、彼女を見上げた。

「やっぱり、アイネは強いね。僕では君に到底勝てそうにないよ」

「当たり前でしょ？　私は父さんの娘だもの！　いずれは父さんも超えて、最強の剣士になって見せるんだから」

胸を張って、アイネは言う。

その自信に満ち溢れた表情には、迷いというものが一切感じられなかった。

「うん、アイネならきっとなれると思うよ」

それは、本心からの言葉だった。

けれど、リュノアの言葉を受けたアイネの表情は、やや不服そうで。

「何言ってるのよ。あんたも強くなりなさい。男の子なんだからっ」

ビシッと指で指すように、アイネは言い放つ。

リュノアは少し困惑した表情を浮かべた。

「そんなこと言われても……」

決して剣の腕に優れているわけでもなく、魔力も人並み以下でしかない。

リュノアには、自身が強くなる未来が想像できなかった。

そんなリュノアを見下ろすようにして、

「あんたは確かに人より魔力があるわけでもないし、剣術だって私よりは下。背だって私より低いくらいだし、優柔不断なところもあるし――」

そう、いくつも言葉を並べていた。

アイネの口にする『リュノアのこと』は、大抵プラスな部分が見当たらない。

思わず苦笑いを浮かべてしまうが、それでも最後には、アイネが決まって口にすることがある。

「……それでも、私と一緒に修行を続けられるのは、あんただけよ。だから、自信を持ちなさい。私が言うんだからっ」

アイネはリュノアのことを認めてくれている。

その気持ちには、応えなければならない。

「自信、か。そうだね。僕はアイネ程の剣士にはなれないだろうけれど、近づきたいとは思う」

「そう、その意気よ――って、生意気ね!?」

「ええ……？」

僕の言葉を聞いて、やや怒ったような表情で言うアイネに、思わず困惑する。

「まあ、いいわ。私から剣士の基本を一つ、教えてあげる」

「……基本？　剣の振り方ってこと？」

「違うわ。剣の振り方はある程度分かってるじゃない。必要なのは、剣士として『魔力』を扱う技術」

アイネがそう言うと、リュノアは少し怪訝そうな表情を浮かべた。

「……魔力？　僕に魔法の才能は――」

「別に、魔法を使えって言うわけじゃないわ。何も魔法を使うだけが魔力の使い方じゃないの。特に剣士にとってはね――身体の動きを強化するために魔力を使うことが多いわ」

リュノアの言葉を遮るようにして、アイネが説明をする。

だが、リュノアにはすぐに理解できなかった。

「身体の強化……？」

「まあ見てなさい。こういうことよ――」

アイネが勢いよく地面を蹴る。

華奢な身体で、高く跳び上がった彼女の姿に、リュノアは驚いた。

「わっ、すごいな……」

「これが、魔力の使い方よ」

そう言いながら、アイネはストンッと地面に着地する。

「生身だけで動くのには、もちろん誰だって限界はあるわ。だから、今みたいに魔力で身体を強化して、本来ならできないようなこともできるようにするの。子供の私でも、大人の力を身に着けることくらいはできるわ」

今のアイネの実践によって、リュノアにも理解することができた。

アイネの動きは、大人でも簡単にできるものではないだろう。

それを簡単にやってのけるのだから、やはり彼女は才能に溢れている。

「そうなんだ……本当にアイネはすごいよ」

リュノアが素直に感想を漏らすと、アイネは再び怒ったような表情を見せる。

「感心してないで、あんたもやるの！」

「ええ、僕にできるかな……？」

「剣の修行と一緒よ。できるようになるまでやる――私が付き合ってあげるから。ただし、魔力による強化は使い方を間違えると怪我をするから、気を付けてやるわよ」

「うん、分かったよ」

かつて、リュノアはこんな修行の日々をアイネと共に行ってきた。

今のリュノアの根本には、アイネと共に歩んできた日々がある。

――魔法はほとんど扱えないが、それでも冒険者として名を馳せるようになった原点。

それが、アイネとの修行の日々にあった。

そこに、ただの剣士でしかないリュノアが、限界を超える唯一の方法がある。

魔力が一般人の保有量に比べても少ないリュノアが、優れた剣術と魔力の使い方だけで
Sランクの冒険者の地位まで登り詰めたのだ。

アイネから注意するようにと教わった魔力の間違った使い方。すなわち、身体に耐えきれる限界を超えた負荷をかけること。

身体がいくら壊れようと構わない――リュノアは何の迷いもなく、アイネを守るために限界を超える道を選ぶ。

「……リュノア？」

「ああ、よかった」

呆然とするアイネに対して、リュノアが絞り出したのは、そんな一言だった。

＊＊＊

アイネの身体の温もりを感じて、僕は心底安堵した。肉体の限界を超えて、魔力強化を

施す――言葉の通りに、限界を超えた僕の身体はズタズタだ。

けれど、全身の痛みなど気にすることもなく、僕は改めてアイネに向き合う。

「何を、してるのよ……また、あんたはそうやって……！」

けれど、アイネは怒っていた。

それも、いつもとは違う――本当に怒っているのが分かる。

怒りに震える彼女に対して、僕はなんと声をかけていいか迷った。

何を言っても怒られるかもしれない――けれど、僕はできる限り心配はさせまいと彼女に声をかける。

「大丈夫だよ。まだ動け――」

「大丈夫なわけないでしょ！」

僕の言葉を遮って、アイネが叫んだ。

目に涙を浮かべて、睨むような表情をする。

「私を庇（かば）って、無茶ばっかりしないでよぉ……」

そう言って、力なく僕の服を掴む。――また、アイネに心配をかけてしまった。

今にも泣き出しそうな彼女を、すぐにでも宥（なだ）めたいところだが、状況がそれを許してくれない。

僕はアイネを抱き寄せると、すぐに後ろを振り向く。

そこには、大剣を振り下ろしたジグルデの姿があった。

「……あの場所から間に合うとは、大したものですね。ですが――これで貴方は武器を失った」

ジグルデは驚きながらも、冷静に言い放つ。

「！　リュノア、剣が……」

アイネも気付いて、声を上げた。

僕の握る剣は――刀身が完全にへし折れてしまっていた。

折れた先は、まるで砕かれたようになっている。

僕とジグルデの剣はぶつかり合って、僕の剣が完全に壊されたのだ。

ただぶつかり合っただけで、こんな壊れ方をするはずがない。

「普通の剣ではないね、それは」

「その通り。私の扱うこの剣は――『衝竜（しょうりゅう）』の喉を使っています」

「衝竜……音の振動だけで、周囲を破壊する竜か」

「その衝撃を、短時間ではありますがこの剣は発生させることができます。扱いは難しいですが、上手く使えばぶつかり合った瞬間に――貴方の剣を折ることくらいは」

――多少腕に覚えがあるくらいでは、僕の剣を折ることはできない。

それが業物だからとかそういう問題ではなく、技術の差だ。

当然、僕は剣を折られないように扱っている。

実際に、剣を折られた経験などほとんどなかった。

「それでもなお、私に一撃を与えたのはさすがと言うべきですがね」

ジグルデの太腿には、僕の『剣先』が突き刺さっていた。

砕かれた剣の先の部分だけを弾き、彼の足に飛ばしたのだ。

足に刺さった剣を抜き去ると、ポタリと垂れる血液を眺めながらジグルデは付け加える。

「それでも、私の勝ちに揺るぎはありませんね」

「……」

僕はその言葉に答えない。確かに――状況は最悪だ。

僕は剣を失い、ジグルデはまだ戦える状態にある。

身体はまだ動くが、万全には程遠い。特に、両脚へのダメージが大きかった。

こうなると、自ずとするべき行動は見えてくる。

「アイネ、一度しか言わないからよく聞いてくれ」

僕は小声で、不安そうにこちらを見るアイネに話しかける。

「……？」

「君はまだ動けるだろう。僕が時間を稼ぐから、君は逃げろ」

ジグルデの足に攻撃を仕掛けたのは――少しでも動きを鈍くするためだ。

アイネはまだ腕の怪我しか負っていない。

片足に怪我をした今のジグルデでは、アイネに追いつくことはできないだろう。

この瞬間ならば、アイネ一人だけでも逃げることは可能なはずだ。

「……は、何を言ってるのよ……？」

僕の言葉を聞いたアイネの声は、震えていた。

彼女が簡単に頷くとは思っていない。

けれど、今の状況ならこれ以外に選択肢は残されていない。

「アイネ、問答はなしだ。それが一番――」

「ふざけないでよ……！」

アイネは再び、怒りに満ちた表情で言った。

「私がどうして、リュノアを置いていけるの!?　私に、あんたを、見捨てろってこと……!?」

アイネがそんなこと、認めるはずがないことは分かっている。

それでも、僕には彼女を説得するしかなかった。

「分かってくれ、アイネ。君の安全を確保するにはそれしかない」

「……私のことばかり、じゃない。今のあんたが残って、ジグルデに勝てるの？　武器もないのに」

アイネの問いに、僕はすぐに答えられなかった。

勝てるのか、と聞かれれば――難しい、というのが正直なところだ。

それでも、僕は視線を下ろして、静かに言う。

「……君の剣がまだある」

アイネの剣は、まだ折られていない。

ジグルデの剣に対抗できる代物ではないが、剣があればまだ戦える。

だが、アイネは首を小さく横に振る。

「それなら、私が戦うわ」

「！　君は腕が折れてる。それは無理だ」

「あんたよりはマシな状態よ。まだ左腕があるもの。置いていくなんて、死んでも嫌」

アイネは立ち上がると、僕を守るようにしてジグルデと向き合った。左手で剣を握り、真っ直ぐ構える。

「ほう、また選手交代ですか？　私は構いませんよ。貴女の方が、殺すのは簡単そうですから」

ジグルデは余裕の態度で、構えを取る。

アイネが万全の状態であったとしても、ジグルデに勝てるか分からない。

利き腕が使えないアイネでは、勝ち目はないと言わざるを得なかった。

「よせ、アイネ。今の君では無理だ」

僕は下がるように促すが、アイネは退く様子を微塵も見せない。

それどころか、リュノアを守るように前に立った。

彼女は僕の方を振り返らずに、静かな声で話す。

「……逆の立場だったとして、リュノアはどうするの？　私が逃げろって言ったら、私を置いて逃げる？　そんなこと、しないわよね。だから、あんたは怪我をしたんだもの。その怪我の責任は、私にあるから」

「アイネ……」

気にしなくていい――そう言ったとしても、彼女はきっと気にするだろう。少し考えれば、分かることだった。

僕はアイネを置いて逃げることはできない。アイネも、僕と同じ気持ちなのだ。

「私は、リュノアと一緒にいたい。これからもずっと。だから、ここで逃げたりしない。私が、リュノアを守る『剣』になる」

決意に満ちた表情で、アイネが宣言する。

その言葉と同時に――アイネの身体に『異変』が起こる。胸元に渦を巻くように漆黒の穴が浮かび上がった。

「！　何、これ……？」

「アイネ……!?」

動揺する僕達に対し、歓喜にも似た声を上げたのはジグルデであった。

「お、おお……まさか、ここにきて貴女がそうなりましたか。これは、貴女を生かしておく必要がでてきましたね」

ジグルデは何かを知っているようであった。

つまり、今のアイネに起こっている現象が、首輪に関わることらしい。

「何を言って――んっ」

ビクリとアイネの身体が跳ねた。アイネの胸の穴の中から現れたのは――一本の『剣』だった。

「……『色欲の魔剣』？」

剣を見ながら、アイネはそんな言葉を口にした。

「アイネ、分かるのか？」

「え、分かんない……けど、なんとなく、そんな言葉が……。たぶん、これを抜けば使えると思う」

アイネも困惑している様子だが、どうやら彼女には『それ』が何なのかある程度理解できるらしい。

僕には理解できていないが、今はするべきことは一つだ。

「その剣、僕が借りるよ」

「え、借りるって――あっ⁉」

アイネが驚きの声を上げた。

僕はアイネの胸元にある剣の柄を握り、抜き放つ。彼女の言葉通りに――『赤黒い刀身の剣』が、そこにあった。

剣を抜き放つと、アイネの胸元の穴が塞がっていく。

握った瞬間から、今までにない『感覚』が僕の中に入ってくるのが分かった。

「……うん、意外としっくりくるね」

「い、いきなり何するのよ⁉」

アイネが慌てた様子で僕に掴みかかろうとする。

その前に、僕は彼女に伝えなければならないことがあった。

「……アイネ。さっきの言葉だけど」

「え、さっきのって……？」

「僕と一緒にいたいって言葉――僕も同じ気持ちだ」

「！」

アイネが少し驚いた表情を浮かべた。彼女の傍にいて守ると――そう誓った。

それなのに、僕は一人で彼女に逃げろと言った。

アイネにとってはそれが、一番安全だと思っていたからだ。

けれど、そうじゃない。――アイネも同じ気持ちなら、僕と彼女はこうあるべきだ。

「だから、もう逃げろとは言わない。僕が君を必ず守る――だから、一緒に戦おう」

「……ええ、もちろんよっ」

今度は、アイネが笑顔で頷いて答えてくれる。二人で剣を構えて、ジグルデと対峙した。

剣を握る僕の方を見て、ジグルデは感心するように頷く。

「……ほう、この状況でも迷わずその剣を握りますか。しかも、剣を扱えている――面白い二人ですね。しかし、必要なのは『魔剣の鞘』となった彼女だけです」

「魔剣の鞘、か。どうやら、アイネの言う通りこれは魔剣みたいだね」

「ええ。……何故か分からないけれど」

アイネは分からないと言うが、この魔剣が『性属の首輪』に関連するのは明白だった。

『色欲の魔剣』と、アイネは先ほど口にした。

その名は、僕も以前に聞いたことがある。それこそ、物語の中に出てくるような名前だが……今は気にしている場合ではないだろう。

「どちらにせよ、まずは彼を倒すのが先決だ」

「倒す、ですか。この私を……確かに、貴方は強い。私が戦った中でも、間違いなく最強クラスであるということは認めましょう。ですが、そこまで手負いの状態では、私の方が絶対的に優位ですよ」

その言葉と共に、ジグルデは姿を消した。

――『気配殺し』。ジグルデが目の前にいたとしても、認識できない状態になる。

僕でも攻撃される瞬間でなければ分からないレベルだ――いや、だったと言うべきか。

「アイネ、君なら僕の動きに合わせて動けるはずだ。任せるよ」

「え――ちょっと!?」

アイネの返事を待つ前に、僕は動き出す。

左側——そこには確かに何もないが、僕には分かる。

「いるんだろう、そこに」

「——」

虚空に向かって剣を振るうと、キィンと金属のぶつかり合う音が響いた。

先ほどまでは姿も認識できなかったジグルデが、僕の一撃を防いでいた。

「……これは驚きました。何故、私がここにいると？」

「さて、ね。けれど、この剣を握ってからかな——感覚が、すごく冴えているんだ」

握った時から、妙な感覚がずっと続いている。

姿を消したジグルデの動きも、手に取るように『分かる』のだ。

まるで周辺の環境が自分の身体とリンクしているような、そんな感覚。

けれど、僕はそれを恐ろしいとは思わない。

「隙を突くような戦い方は封じた。あとは、剣と剣のぶつかり合いだ」

「！」

僕はジグルデの剣を弾く。

わずかにバランスを崩したジグルデに対し、追撃を加えた。

だが、ジグルデの反応も速い。

大剣を振るい、ギリギリのところで僕の一撃を防ぐ。

「なるほど。それが魔剣の――」

「話してる暇なんて、あると思うな」

「っ！」

左に跳び、僕はすぐにジグルデの死角から攻撃を繰り出した。

脇腹に向かって一撃。身体を逸らしても、大きな図体では避けることは難しいだろう。

ジグルデの得意とする『気配殺し』は、今の僕には通用しない。

過剰になった感覚は、僕の長所を最大限に伸ばしてくれる。

「ふっ――」

ジグルデが僕の背後から振り下ろした大剣を、見るまでもない。

わずかにステップを踏むように動いて、ジグルデの攻撃を回避する。

放たれた一撃は、僕の後方で空を切った。

「なん……!?」

ジグルデが驚きの声を上げた。

怪我を負った状態の僕が、攻撃を難なく避けているのだから当然だろう。

先ほどに比べて、僕の動きがよくなったわけではない。

いつも以上に、反応できる速度が上がっているだけだ。

「なるほど。簡単に避けられるのは、便利な力だね」

僕は再び攻勢に出る。

素早い剣撃を繰り出すと、ジグルデは防御の構えに入った。

カウンターを狙う暇すら与えない――徐々に、だが確実にジグルデを追い詰めていく。

少しずつ後方へと下がっていく彼に、僕は休まずに追撃を与えた。

ほんのわずかでも隙があれば、ジグルデに一撃を届かせることができる。

ジグルデも、それはよく理解しているだろう。

「ぬ、ぅ――仕方、ありませんね……！」

言葉と共に、ジグルデが大剣を振るう。

僕はその一撃を剣で防ぐ。

即座に剣を通して感じたのは『振動』――ジグルデが自らの剣の力を解放したのだと、理解できた。だが、

「……は？　折れない、だと……!?」

鍔迫り合いの形のまま、僕の握る魔剣は折れるどころか、傷一つ付いていない。

ジグルデに折られた剣も、硬度は相当に高い部類であったが、この魔剣はそれ以上だ。

「さすが魔剣、とでも言うべきかな。折れないなら、僕としてもありがたい。ところで、この剣を折ろうとしたということは――君は追い詰められているということでいいのかな。もう、他に打つ手がないんだろう？」

おそらく、魔剣の力を彼らは欲している。

それにもかかわらず、僕の手にした魔剣を平気で折ろうとした。

どうあれ、ジグルデはこの剣を折らなければ、僕に勝てないと判断したわけだ。

「……っ！　この私が……お前のような若造にッ！」

ジグルデが激昂した。

今まで敬語で話していたのに、物腰柔らかな雰囲気を捨て去り、力強く大剣を握りしめて振るう。

まともな力では、僕よりもジグルデの方が上だ。

その一撃を受け流し、僕は構えを取る。

それこそ、力任せというに相応しい――ジグルデは乱暴に、大剣を振り回した。

「はあああああっ！　死ね、死ね、死ねぃ！」

一撃一撃が、掠るだけでも死に直結しかねない威力。ジグルデの振るう大剣が、地面を抉ってまき散らした。

だが、いずれの攻撃も防ぐことなく、僕は目の前で回避して見せる。

「……なんだ、そういう戦い方もできるのか。けれど、それでは僕は倒せないよ」

呆れたように、小さく嘆息する。

ジグルデは怒りに震え、大剣の柄をさらに強く握り締めた。

「この私をッ！　見下したような目で見るんじゃないっ！　魔剣だろうと、手にしたばかりの若造になどっ！　私は英雄――ジグルデ・アーネルドだッ！」

ジグルデが叫ぶ。

だが、一撃だろうと僕に当てることはできない。

「英雄、か。君は最初に、僕の死角を狙って攻撃を仕掛けてきたね。次に狙ったのはアイネだ――君に英雄を名乗る資格などない」

一瞬の隙を突いて、僕は剣を振るった。

ヒュンッと風を切る音の後に聞こえてきたのは、地面に刺さる大剣の音。――ジグルデの腕を斬り落としたのだ。

「な、あ……!?」

「もう底が知れた。戦いの中で感情を乱して剣を振るうのは、何よりの愚行だ」

「お前ごときに、私が斬られるなど……！」

往生際が悪く、ジグルデは残された腕で僕に掴みかかろうとする。

僕はその場から動かずに、一言だけ呟くように言った。

「いや、君を斬るのは僕じゃない」

「本当よ。残ったのなんて、最後の一撃だけじゃない」

僕の背後から、飛び出したのはアイネだった。

高く跳び上がったアイネは、宙を舞うようにしながら剣を振るう。

その姿に、思わず見惚れてしまいそうになった。

「か、は――」

ジグルデはその場で脱力するように膝を突く。――アイネが放った首元への一撃が、致命傷となったのだ。

ジグルデは喉元を押さえながら、僕を睨むように見た。

かろうじてだが、まだ彼は生きている。

僕の目の前で、ジグルデがゆっくりと話し始める。

「……私を、倒したとして……お前達には苦難の道しか、残されていない」

「苦難の道でも構わない。アイネを狙うというのであれば、斬るだけだ」

アイネを狙ってくるというのなら、たとえ敵が誰であろうと構わない。

僕はその全てを倒して、彼女を守り抜くと誓ったのだから。

いや――彼女と共に、どんな苦難だろうと切り抜けて見せる。

「ふっ、そう、か。口惜しいが、私の負けであることには違いない。お前は確かに強い――だが、戦って確信した。お前は、『魔剣の使い手』にはなれない」

「これのことか。この魔剣について、何を知っている？」

「答えると、思うか？」

兜で表情は見えないが、どこか笑っているようにも聞こえた。――僕達に情報を与えるつもりなどないということだろう。

だが、これが魔剣であるという確証は得られた。

あとは、アイネが魔剣についてどれほど理解しているかだが、そこまで期待はできそうにない。

「……だが、この私を、倒したのだ。生半可に死ぬことは、許されない。お前達を狙う者達と、死に物狂いで戦い続けろ。戦って、戦って、戦って――最期は、私のように死ね」

そこまで言い終えると、ガクリとジグルデが座り込む。

倒れることはなかったが、その瞬間に絶命したことが僕には理解できた。

最期の力を振り絞って、言いたいことを口にしたのだろう。

「……残念だけれど、そうはならない。どんな相手だろうと、絶対に彼女は渡さない」

僕はジグルデの言葉に答えるように宣言した。

彼から視線を逸らすと、僕はアイネの方へと歩み寄る。

「アイネ――」

「全く、あんたは連携って言葉を知らないの!?」

僕が声をかけた瞬間に返ってきたのは、アイネのそんな怒りの言葉だった。

「連携って、最後はしっかりできたじゃないか」

「あれで連携って言う!?　勝手に動き出して合わせろって……しかも、ほとんど一人で終わらせちゃったじゃないの！」

「お、落ち着いて。悪かったって」

僕は素直に謝ることにした。これは何を言ってもアイネに捲し立てられるだけだろう。

お互いに、怪我をしていることは分かっている。

アイネも大きく息を吐くと、そっと僕に身を寄せた。

「……最後まで無理させて、ごめんなさい」

「謝るのは僕の方だ。君を一人にして、結局怪我をさせた」

「この腕のこと？　こんなの、怪我の内に入らないわよ。騎士の訓練なら、骨くらい折れることだってよくあるもの。修行ってそういうものでしょ？」

「これは修行じゃないよ」

「分かってるわよ。でも、あんたは無理しすぎなの。……無理をしてほしくないって、我儘なのも分かってるけど……」

アイネが視線を逸らしながら言う。

僕が怪我をすることで、アイネに後ろめたい気持ちを持たせてしまうことは、正直言うと不甲斐ない気持ちだ。

けれど、僕はアイネを守るために戦う――それは、譲ることはできない。

「大丈夫、怪我はすぐに治るものだから」

「……前の怪我だって、完全に治ってないでしょ。怪我が増えるばかりじゃない」

「それは否定できないかもしれないね。一先ず応援を呼んでこの状況を何とかしてもらって……それから少し休もう。その前にこの剣ってどうすればいいか、分かるかな？」

僕はアイネに対して、魔剣を見せる。

アイネはこの剣の名を呼んでいた――けれど、アイネは首をかしげて言う。

「どうすればいいって……私の中から、出てきたものよね？」

「まあ、そうだね。また中に入るなんてことはないと思うけど」

すでにアイネの胸にあった穴は塞がってしまっている。

ジグルデは彼女のことを『魔剣の鞘』と呼んでいたが、その言葉通りなら剣を戻すことは可能だとは思うけれど。

「ちょっと貸してみて」

「ああ、気を付けて。変な感覚があるかもしれない」

「変な感覚？」

僕は頷きながら、アイネに魔剣を手渡す。

だが、アイネの反応を見る限り、おかしな感覚はないようだ。

剣の柄を握り、刀身に視線を送ってから、アイネは真剣な表情で剣を振るう。

「……戻れっ」

しかし、何も起こらない。

思わず、アイネのことを真顔で見つめてしまう。

「……アイネ？」

アイネは顔を赤くして、

「な、何よ！　あんたがどうにかしろって言うから試しに――わっ⁉」

不意に、魔剣がアイネの手元から霧散するように姿を消した。粒子のようになった魔剣は、アイネの中へと戻っていく。

「今のは……魔剣がアイネの中に戻ったのか？」

「そ、そうみたいね。ほら、見なさい。何でも試してみないと分からな――んひっ！」

今度は話している途中に、アイネが素っ頓狂な声を上げた。

「アイネ!?」

「大丈夫、大丈夫だけど……その……」

アイネが何か言いたげな表情のまま、けれど言い淀む。

僕に言いたくても言えないこと――急に火照った彼女の顔色を見れば、それとなく察することができた。

「まさか、今日はすでに『発情』は終わったはずだけれど」

「し、知らないわよ……んっ。い、いつもよりは、その……弱い感じ、だけど……」

視線を泳がしながら、それでもアイネはやがて我慢の限界とでも言うように、言い放つ。

「い、今すぐしたい、の」

アイネがそんな願いを口にした。

第五章

「アイネ、ちょっと待ってくれないか。まだ事後処理が――」

「分かってる。分かってるけど、我慢できないの……」

アイネの呼吸は普段に比べると荒く、そしてとても押しが強い。

お互いに怪我をした状態であることは分かっているはずなのに、アイネに流されるままに寝室までやってきて、ベッドに押し倒されてしまった。

これほどまでに積極的なアイネを、僕は見たことがない。

折れたはずの右手も使おうとするので、僕は思わず彼女の肩を掴み、止める。

「アイネ……右腕は折れているはずだ。そんな風に動かしたらダメだ」

「そう、なんだけど。あまり痛くなくて……それよりも、リュノアとしたい気持ちの方が大きいの」

そっと僕の手を握ると、アイネは口元に持ってきて、僕の手袋の先を噛んでゆっくりと脱がし始める。

まるで挑発するかのような表情も、僕が見たことのないようなものであった。
「リュノアは強いから……少しくらい我慢できるよね？」
ゆっくり、ゆっくりと手袋を口で外したアイネは、そのまま僕の指を口に含み始める。
初めは指先から。舌で確かめるようにして触れる。
吐息と共に、生暖かい彼女の舌の感触が僕の指先で感じ取れる。
そのまま、アイネは自ら僕の指先を咥えて、
「わたひのだえひで、弄りやふくしてあげふ」
舌足らずな話し方だが、どうやらアイネは自らの唾液で僕の指を濡らし、秘部を弄って
ほしいと言っているようだ。
そんなアイネを見て、僕は一先ず彼女を止めることは諦めた。
明らかに普通の状態ではないが、こうなってしまった原因も何となく理解できる。――
彼女の中に眠る、魔剣の影響なのだろう。
そうなのだとしたら、アイネの状態が元に戻るためには、彼女が望むことに応えなけれ
ばならないのだと、僕は考えた。
「んっ、ふっ、んぅ……」
吐息を漏らしながら、アイネは音を立てて僕の指を舐める。

自由に動き回る舌で指を舐められる感覚は、言い知れないものがあった。……ただ、指を舐めているだけだというのに、どうしてアイネが煽情的に見えるのだろうか。

僕は気付けば、アイネの姿に魅了されていた。

「……いいよ？」

不意にアイネが僕の指を口から抜き取ると、そんなことを口にする。

唾液が伸びて下に垂れていくが、アイネは気にする様子はない。

「いいって、何が？」

「口の中、リュノアが犯したいみたいにやっていいってこと」

そうアイネが言うと、再び僕の指を咥えた。

今度は先ほどよりもゆっくりとした動きで舌を動かす。言葉通りに、僕を誘っているようだった。

『口の中を犯す』という言葉は、どこか背徳感がある。

そう感じながらも、僕はゆっくりとアイネの口の中で指を動かし始める。初めは内側の頬に触れるように。

「んっ、ひゅ」

呼吸が漏れた。ただ、口の中で指を動かしているだけ――そのはずなのに、アイネの表情は恍惚に満ちている。まるで、口の中を弄られて感じているかのようだ。

今度は、ゆっくりと動く舌に指を絡めるようにして動かす。

ぬちゃりとした唾液で濡れる感覚と、アイネの温かい感触が同時にやってきた。

「あ、んっ、リュノア、ゆび、おいひい」

「アイネはこれが気持ちいいの？」

「う、ん……きもひいーよ？」

まるで幼い子供のような口調で、けれど彼女はどこまでも妖艶に――僕を誘ってくる。

そんな行為をしばらく続けていると、気付けばアイネが自らの秘部に手を伸ばして弄り出していることに気付いた。

僕の指を舐めながら、アイネは自慰行為を始めたのだ。

すぐ近くから聞こえるアイネの口元の音と、すでに濡れているのか――彼女の秘部から聞こえる音が合わさる。

ぬちゃ、くちゅ……と部屋に響き渡る音に、僕は背筋にゾクリとした感覚を覚える。

だんだんと、アイネの秘部を弄る指の動きが激しくなり、それに伴って声も大きくなっていく。

「んっ、んふっ、ぁ……んぅ……！」

きゅっと股を閉めるようにして、アイネの身体がびくりと跳ねる。――どうやら、彼女は自らの指でイッてしまったようだ。

アイネは僕の指を抜き取ると、そっと自らの秘部へと誘導するように手を引き、

「はあ、はっ……次は、リュノアが私をイカせてくれる……？」

期待に満ちた表情で、言うのだった。

僕は今の状況に、思わず息を呑む。

アイネが自ら股を開くようにして、弄られることを望んでいるのだ。普段の彼女なら恥ずかしがって隠すか、少なからず抵抗はするだろう。

けれど、今のアイネにはそんな様子は一切ない。

むしろ早く触ってほしいと言わんばかりの表情で、腰を揺らして僕に催促してくる。

「ねえ、早く触って……？」

「あ、ああ」

僕は戸惑いながらも、アイネが求める通りに彼女の秘部に触れる――すると、

「ひぅっ!?」

びくんっ、と勢いよくアイネの身体が跳ねる。

まだ触れただけだというのに、彼女の呼吸は大きく乱れ、愛液をパタタッと垂らした。

まだイッたばかりだからか、刺激が強いのかもしれない。

けれど、アイネは涙目になりながらも妖艶な笑みを浮かべる。

「はあ……やっぱり、自分でやるよりリュノアの指の方が気持ちいい……。もっと触っていいのよ？　それとも、いつもみたいに焦らしてくれるの？」

「いや、そんなつもりはないよ。君が大丈夫だと言うのなら……」

僕としては、あまり時間をかけるつもりはなかった。

お互いに怪我をしている身だ——アイネは痛みを感じていないようだが、それでもやはり心配になってしまう。今の状態も考えると、アイネの求めることをとにかくやっていかなければ。

僕は再び、彼女の秘部に向かって手を伸ばす。

「あっ、ん、んあっ……！」

ぬるりとした感触と共に、アイネの嬌声が部屋に響く。

いつもなら我慢をするように声を漏らす彼女だが、今は快楽に身を任せようとしているようだ。

とろんとした目で、だらしなく口を開きながら快感に酔いしれている。

僕は確かめるようにしながら、濡れた膣内に指を滑らせる。

きゅんっと締まる感触が、指にすぐに伝わってきた。

「あ、はぁ……！　んふっ、舐めた意味……なかったかしら？　私のここ、すっかり濡れちゃってる、し……」

「……そうだね。アイネ、動かすけど大丈夫？」

「そんなこと、ふっ……聞かなくてもいい、わ。リュノアの好きにして？」

吐息を漏らしながら、アイネがそう言い放った。

アイネはとにかく、快感を求めてしまう状態になっている――普段の彼女を知っている人から見れば明らかに異常なことなのかもしれない。けれど、僕から見て嫌な感じはしなかった。

僕はアイネの言葉に従い、『好きにする』ことにした。

「んっ、はっ、あっ、くぅ……」

すっかり愛液で濡れた彼女の膣内を弄る。

くいっと指を曲げて膣壁を押すと、それに従うようにひくひくと動く感触があった。

そのまま、撫でるようにして指を動かしていく。

「はっ、はっ……あんっ、あっ、リュノアのゆびぃ……すきっ」

「指でされるのが好きなの？」

「んっ、うんっ！　はっ、大好き、リュノアに、弄られる、の……！」

僕の問いかけにも、アイネは素直に答えてくれた。彼女は左手で自らの胸を揉んでいる。

ここまで煽情的な姿は、今までに見たことがない。

普通ではない状況だというのに、僕の理性まで吹っ飛んでしまいそうだ。

かろうじて、僕はまだ冷静でいられた。

快感が強すぎるのか、膝が震えているのが伝わってくる。時折前のめりになるのは、彼女が受け入れられる快感の許容量を超えているのだろう――それでも、アイネは足を閉じることなく、ただひたすらに僕の指から送られる刺激を受けて、悦んでいる。

けれど、彼女の限界は比較的早くにおとずれた。

「あっ、あっ、ん、あっ、イ――くぅ……っ」

大きく息を吐きながら、アイネは言葉と共に身体を震わせる。

膝立ちだった彼女は耐えきれずに僕のところへと倒れこみ、そのまま身を任せるようにして動かなくなる。

「……アイネ？」

僕は彼女に声をかけた。荒い息遣いが耳元で聞こえてきている。

確実に僕の指で絶頂を迎えたのだ――元に戻ってもおかしくはないはずだが……。

「っ！」

そう思った瞬間、僕の下半身にするりと手が伸びる感覚があった。倒れたまま、アイネの左手が僕の下半身に触れている。

わずかに顔を上げたアイネは、『まだ』僕の知るアイネとは違った。

「ね、次は……セックスしよ？」

どうやら、彼女のおねだりはまだ終わらないらしい。

アイネが催促するように僕の下半身に触れている。

僕も、彼女の望みに応えてズボンを脱ぐと、すぐに彼女は自らの意思で僕のペニスを膣内へと挿入しようとする。

「アイネ、そんなに焦らなくても――」

「だって、もう我慢できないんだもの。ふっ、ぅ……ぁ」

僕に寄り掛かるような状態で、アイネは器用に膣内にペニスを挿入すると、自らゆっくりと腰を動かし始める。僕からではなく、アイネが率先してセックスをしようとするのも初めてだ。

きゅっと彼女の膣内は締まっていて、僕のペニスでは少し狭く感じるくらいだ。

けれど、濡れているから滑りが良くて、奥の方まで入ってしまう。

締め付けられると、ペニスに伝わる快感で僕も声を漏らしそうになった。

「っ」

「ふふっ、リュノアも、気持ちいい……？」

アイネがそう問いながら、ふと僕の服を捲り上げて、舌を伸ばす。

短く出した舌で、僕の乳首を舐め始めた。

「くっ、アイネ……何を」

「何って、見れば分かるでしょ？　私だって乳首撫でられると気持ちいいんだし、セックスしてるときなら……リュノアも舐められたら気持ちいいと思って」

「それは……」

アイネの考えは、何も間違ってはいない。

彼女の舌で舐められるだけで、僕にも言葉で言い表せない快感が押し寄せてくる。乳首を舐められると、ビクリとペニスが反応した。

一気に射精感が強くなるが、アイネの動きはあくまでゆっくりだ。

くすぐったいような感覚も強いが、味わったことのない快感もあった。

「ふふっ、私ばかりじゃなくてリュノアにも気持ちよくなって、もらいたいから……んっ」

時折、軽くイッてしまっているのか。

アイネは身体を小さく震わせる。

それを見て、僕は少し冷静になった。

アイネ自身は、首輪の効果もあってか、かなり敏感な体質だ。

今もどうなっているのか分からないが、随分と積極的になっている彼女も、イクまでの時間が長くなっているわけではない。

むしろ、身体に無理をさせながらもセックスをしているような――そんな感じ。

「……アイネ、こっちに」

「んっ、どうした、の？」

僕はそっとアイネを抱き寄せる。先ほどから彼女にばかり主導権を握られてしまっていたが、僕にもまだ理性は残っている。

そろそろ、彼女を戻すために努力をしなければ。

「アイネ、君は動かなくていいよ。僕が動かすから」

「え――ひあっ」

突き上げるように腰を動かすと、アイネが嬌声を上げた。

突然の強い快感に驚いたのだろう。膣の奥まで深く突くと、アイネの余裕のあった表情

は一気に崩れる。

「あ、はぁ……リュ、ノアが、動くの、ね？　なら、任せ、んあっ」

言葉にはまだ余裕がある――けれど、僕はアイネの言うことには耳を貸さず、少し激しめに腰を動かした。

小突くようにではなく、ずんっと少し重めに。

その度に、膣内が僕のペニスを締め上げて、動かせばペニス全体が気持ちよい感覚に包まれる。

何度か動かすと、小さな絶頂を繰り返していたアイネは大きく身体を震わせて、激しめにイッたようだった。

「っ、ぅ、あぁ……？　はれ、今、私……？」

「！　アイネ……？」

「え、あ？　リュノア……？　私、リュノアとセックスして、え、何でセックスして……？」

きょとんとした表情をしたアイネは、状況が呑み込めず混乱しているようだった。

どうやら、いつもの彼女に戻ったらしい。

……僕が絶頂させることで元に戻るのは変わっていないようだが、一度ではなく何度もイカせる必要があったのか。

そう考えると、アイネの中に眠る『魔剣』は随分とリスキーにも思えた。

「ちょ、ちょっと、待――んあっ、ば、ばか！　私なんでセックスなんて……！　あ、やだ、リュ、ノア……動かない、でぇ……っ」

アイネはようやく状況を理解したようだが、今はまだセックスの途中だ。

先ほどまでの記憶も残っているのか、慌てた様子の彼女はすぐに僕を制止しようとする。

けれど、今度は僕の方が止められなかった。

「アイネ、君が元に戻ってくれてよかった」

「ふぁ、そ、それより、ちょっとっ。う、動くのやめてってば！」

「……ごめん、アイネ。もう少しで射精そうだから、付き合ってくれないか」

「あんっ、な、何言ってん、のよぉ……！　わた、私、もうげんか――ひあっ」

できるだけアイネに負担をかけないようにして、僕は腰を動かす。

アイネを戻すためにしていた行為であったが、気付けば僕の方も我慢の限界だった。彼女が戻って安堵してしまったのか、僕はただ――自分が満足するためにセックスをしようとしている。

「や、やだっ、今はダメ、なのぉ……！」

「いつも通りのアイネの方が、やっぱり僕は安心するよ」

「あっ、ふっ、やぁ……んあっ！」

拒絶しながらも、その抵抗は小さく――アイネらしく責められることで感じているようだった。積極的とまで言えるアイネはどこにいってしまったのか分からないが……まるでタイプの違う彼女との行為というのも、元に戻った今だからこそ、少し興奮する。

そんなアイネには絶対に言えないことを考えながら、僕はアイネの膣内に射精して、彼女も何度目かの絶頂を迎えるのだった。

＊＊＊

「アイネ、その……そろそろ機嫌を直してくれないか？」

行為が終わった後――アイネはすぐに布団にくるまったまま、すっかり動かなくなってしまった。

僕の言葉を無視している……僕もそうだが、彼女も怪我をしている。お互いに悪化する前に病院に向かった方がいいのだが。

「君も腕の骨が折れたままだ。そのまま放っておくのはよくない」

「分かってるわよ。今だって痛いんだもの」

「だったら――」

「先に行っててよ。後から行くから」

「今の君を一人にするわけにはいかないだろう」

「……っ」

ようやくアイネが身体を起こして、ちらりと覗くように視線を向けてくる。けれど、枕を抱えたまま表情は隠していた。すぐに視線を逸らした彼女は、怒っているというよりは、ひたすらに気まずいという雰囲気を感じさせる。

「元に戻った時にやめるべきだったね、すまない」

「別に……リュノアは、悪くない。気持ちよかったし……でも、さっきのこと、色々思い出すと、嫌なの。私が自分でリュノアのことを求めたのは分かってるんだけど、どうしてそんなことをしたのか分からなくて」

「ああ、まさかアイネがあんな風になるとは思わなかったけれど、元に戻ってよかった」

「……正直、引いたでしょ？　あんなことして……」

「？　何の話だ？」

「え、だ、だって……あんな、えっちなこと、私からやったりして……」

どうやらアイネは、僕が『先ほどまでの彼女』に対して嫌悪感を抱いていると思っているらしい。自ら望んで性行為をしたがる――普段のアイネからすれば、想像もできない姿だった。

けれど、僕はそんなことでアイネのことを嫌いになったりはしない。

「僕が君を嫌いになるはずがないだろう」

「！　どうして言い切れるのよ」

「君のことが好きだからだ」

僕は真っ直ぐ、アイネのことを見て答えた。

「っ！　そ、そういうこと、面と向かって……」

アイネの顔が真っ赤になったかと思えば、今度は完全に枕で顔を隠して、その場に伏してしまう。

「アイネ、だからそろそろ――」

「わ、分かってるわよ。ちょっと待って……」

正直に答えれば、すぐに動いてくれると思ったのだが、どうやらそうもいかないようだ。

けれど、反応を見る限りは大丈夫そうに見える。

僕はアイネの傍に寄ると、彼女の身体を抱え上げた。

「ちょ、な、何してるのよ！　ま、待ってって言ったでしょ!?」

「動くのがつらいなら、僕が抱えて君を連れて行くよ。さっきも言ったけれど、あまり時間をかけるのも怪我によくない」

「そ、それはそう、だけど……っ」

何やら動揺したままのアイネ。

もしかすると、身体に何か違和感でもあるのだろうか。

「アイネ、身体の方は大丈夫――」

「大丈夫だから！　こっち見ないでっ」

慌てた様子のアイネに顔を押されて、彼女の様子を窺うことができない。

「わ、分かった。見ないようにする。このままだと前も見えない」

「そ、それでいいのよ。……それと、ごめんなさい。私、リュノアに面倒ばかりかけて」

不意にしおらしくなって、アイネが謝罪の言葉を口にした。

「君が謝る必要はないよ。むしろ、謝るのは僕の方だ。君を一人にしたんだから」

「だから、リュノアが謝るのは、やめてよ。狙われてるのだって、私なんだから……」

「いや……それが分かっていたのに離れたのは僕だ。謝るのは僕の方だよ」

「だから――ああもうっ、いいわよ！　あんた、そういうところでどうして負けず嫌いなの……？」

「負けず嫌いのつもりはないよ。素直な気持ちで答えてる」

「あんたも結構、面倒くさい性格してるわよね」

はあ、と小さくため息を吐くアイネ。呆れられているというのは分かったが、今度こそいつも通りの彼女になってくれたようで、僕はホッとする。

「それで、ラルハさんはどうだったの？」

「ああ、彼女とは話をしたよ。そのことは後で話そう」

せっかくアイネの調子が戻ってきたのに、ラルハが帝国の騎士と戦って大怪我をした――そんな事実を知れば、彼女はまた傷つくかもしれない。

このことは、ラルハからも釘を刺されていることだった。アイネに対して、自分のことを話す必要はない、と。

アイネを抱えたまま、僕は自宅を出て、すっかり暗くなった道を歩く。

人通りもほとんどない夜道の中で、僕はある決意を口にする。

「アイネ、これからのことなんだけれど」

「これからって、病院に行くんじゃないの？」

「それもそうだけれど。その後――まあ、色々片付いたらなんだけど。この町を出ようと思うんだ」

「！　それって……」

「ああ、勘違いしないでほしい。別に君が原因で、とかじゃない。元々、この町でずっと暮らしていくつもりもないんだ。せっかくなら、色々なところを回った方が、君も狙われにくくなる。そういう話だよ。冒険者として、各地を飛び回るのは普通のことだからね」

もちろん、普段の僕はそこまで遠出をしたりはしない。

けれど同じ場所にいれば、きっとまた狙われるに違いないだろう。

だからこそ、ここを離れることも選択肢の一つに考えていた。

「リュノアがそうしたいって言うなら、私は構わないけれど……家のこととか、いいの？」

「あの家に思い入れがあるわけじゃないよ。君がここにいたいのなら、もちろん僕はいられるように努力をするつもりだけれど」

「……ううん、リュノアと一緒なら、どこでもいいわ」

アイネが素直に答えてくれて、僕も安心する。

色々と区切りがついたら――この町を出て、安全なところを探そう。

帝国の人間と戦う選択肢だって、僕にはある。

けれど、アイネのことを考えれば……きっと戦うよりも、彼らと出くわさないようにするのが正解なのだろう。

僕と彼女のこれからは、こうして決まったのだった。

エピローグ

僕の退院までは、さほど時間がかからなかった——と言うより、退院を急いだと言うべきだろうか。

アイネの腕の骨は、幸い安静にしていれば、時間もかからずに治るとのことであった。

僕の方は完治には少し時間はかかるが、動く分には問題はない。

帝国の騎士二名については、冒険者ギルドの方に連絡はしておいた。

——騎士が関わってきたとなると、いよいよ国家間の問題にも繋がる可能性も考えられたが、狙われているのが元は帝国に騎士として所属していたアイネだ。

帝国内の問題をこちら側に持ち込んだ、という風に思われても仕方ないだろう。

故に、今後の対応については冒険者ギルドに任せ、僕は早々に『ルドロ』の町を出ることにした。

その前に、僕はラルハと対面して話をしていた。

「あんたも結構ボロボロだろうに、もう行くんだね」

「はい。いつ帝国側が動くとも限らないので、できるだけ早めに。ラルハさんはどうするんですか？」

「あたしは変わらないよ。依頼を受けたのはあの男からだけで、他の帝国の騎士については知らないからさ。それにわざわざ、あたしのことは追ってこないだろうさ。狙いはあくまで、あの子なんだからね」

「……そうですね。すみません、本当ならアイネとも挨拶を――」

「いいさ。まだ包帯を身体に巻いたままで、変に心配させない方がいいよ。あたしのことは心配しなくていい――あの子のことだけ考えな」

「ありがとうございます」

僕はラルハに対して頭を下げる。

彼女は元々、帝国側から依頼を受けてアイネを探しに来ただけに過ぎない。

それなのに、僕の側についてくれたからこそ――こうして怪我をすることになってしまったのだ。

だから、僕はラルハに感謝の言葉を述べる。

そんな僕の頭に、そっと彼女の手が触れる感覚があった。

「ちょっと前までは、これくらい小さい子供だと思ってたんだけどね。随分と、大きくなったじゃないか」

「……そんなに小さかったですか？」

「ああ、そうだよ。あんたがあたしとパーティを組んだのは、十五歳の頃だったかね。冒険者になった時からそれなりに腕は立つ子だと思ってたけど、まさか『S』ランクにまでなるなんてねぇ……。それに、あたしがあのまま戦っていれば負けていた相手にも、簡単に勝っちゃって」

　ラルハは嬉しそうな表情を見せる。

　ラルハが戦っていた騎士――ヴァウルの実力も、決して低いわけではない。

「単純な実力だけで言えば、あの騎士とラルハさんに差はなかったと思います。相性の差はあったかと」

「あははっ、まああいつとはそこまで差はないだろうけれど、あんたとの差はあるだろうよ。あたしも、しばらくは修行でもしようかね。旅先でまた、会うこともあるだろうさ。その時までには、お互い怪我は治しておくようにしようじゃないか」

「はい、その時は一緒に仕事でも」

「ああ、とびっきり難しい仕事でもやろうか。さて、そろそろ行きな――アイネを待たせたらいけないよ」

「……はい。改めて、ありがとうございました」

僕が再びラルハに頭を下げて言う。

返事はなく、ラルハの方を見るとこちらに背を向けて、ひらひらと手を振るようにしながら去っていった。

ラルハは元々、各地を転々とするタイプの冒険者だ。

いずれまたどこかの地で、出会うこともあるかもしれない——お互いに、その時まで元気でいられることを願う。

そう思いながら、僕は待たせているアイネの下へと戻った。

馬車の前で待っていたアイネは、

「遅いっ！　何してたのよ」

開口一番、怒り気味に言い放った。

腕を組み、睨みを利かせる彼女に、僕はあらかじめ考えておいた言い訳をする。

「ああ、ごめん。ちょっと医者と話をね」

「！　何？　もしかして、どこかまた悪くなって……？」

すると、アイネはすぐに不安そうな表情を見せた。

少し胸が痛くなるが、取り繕うように続ける。

「いや、そういうわけじゃないよ。もう大丈夫だってお墨付きをもらってきた」

「そ、そう。なら、いいけど」

アイネには、すでにラルハはこの町を発ったと話してある。

残念がってはいたが、それがラルハの性分だと言うとアイネも理解してくれた。

実際、そういうタイプの人であることには違いないし。

「さて、それじゃあ行こうか」

一先ずは、ここから少し離れたところにある町に向かう。行き先を決めているわけではないが、少なくとも近くの町に長く留まるつもりもない。

すぐに別の馬車で、また移動をしていくことになるだろう。

アイネと共に馬車に乗り込み、僕達は次の町を目指す。

「アイネはどこか行ってみたいところはある？」

「行ってみたいところ……急に言われても困るわね。あ、でも一つだけあるわ」

「！　どこがいい？」

「私はともかく、あんたはまだ怪我も治ってないんだから、療養は必要でしょ。温泉とか、そういうところってないの？」

「ここからは結構離れているけれど、僕の知っているところはあるよ。仕事で一度行ったことがあるからね」

「そうなのね。じゃあ、そこにしない？」

「僕の怪我については気にしなくてもいいんだけれど」

「ダメよ。悪化したらどうするの？　無理ばっかりするんだから……。しばらく仕事もお休み――って、お金は大丈夫なの……？」

「その辺りは気にすることはないよ。一応、まだ余裕はあるからね」

「そう。まあ、あんたが仕事できないなら私がやるっていう選択肢もあるけれど」

「君がするなら僕もするよ」

「それじゃあ休めないじゃないの！」

アイネに怒られ、僕は思わず苦笑する。

一先ず次の目的地は決まった――主に僕の休養を取るという話になってしまっているけれど。

けれど、人もそこまで多い場所ではないし、目立つところでもない。

次に向かうには悪くないかもしれない。

「ところで、次の町までどれくらい……？」

「うん？　まあそんなにかからないとは思うけど」

「そう。じゃあ馬車ですることにはならなそうね」

「そういうこと言うとなるかもしれないよ」

「ちょ、変なこと言わないでよ！」

「言ったのはアイネの方だと思うけれど」

　この数分後——アイネの言うことが現実になるとは、お互いに思いもしないことであった。

あとがき

二か月ぶりということで、そこまでお久しぶりでもない感じですね、笹塔五郎です。

二巻を早い段階で出版することができまして、大変嬉しい限りです。

本作は一巻に引き続き、二巻も相当にえっちな感じでお送りさせていただいておりますが、楽しんでいただけましたでしょうか。

ちらほらネット上にある感想をそこそこに見ているのですが、『表紙からは想像できないくらいえっち』という感じの評価いただいて、まあ私もその通りだなって思っています。

コンセプトがえっちなバトルファンタジー、的なところがあるので、二巻もえっちなわけですね。

二巻の表紙、『女の子から剣が出てくる』的なシチュが好きで、いざ表紙を見せていただいた時は「かっこいいなー！」とシンプルに思いました。

並べると完全に王道ファンタジー溢れる表紙なので、確認してみてください。

さて、そんな本作はありがたいことに『月刊コミック電撃大王』（ＫＡＤＯＫＡＷＡ）

でのコミカライズの方も決まりまして、果たして本作が漫画だとどうなっていくのか、今から楽しみなところがあります。挿絵だけでもえっちなのに……！

では、この辺りで謝辞を述べさせていただきます。

一巻に引き続き、イラストを担当いただきました『菊田幸一』様。

二巻の表紙ですが、先ほども触れたようにとてもかっこよく、素晴らしいものでした。かっこよさ、エロさ共に本作の魅力を最大限に引き出してくださっていると感じております。本当にありがとうございます！

担当編集者のK氏。一巻に引き続き、お世話になりました。色んな情報を細かく連絡してくださるので、とても助かっております！

私の事情でまだお会いできていないので、タイミングを見ていずれはお会いできればと思っております。

本作に関わってくださった皆様にも、謝辞を述べさせていただきます。ありがとうございます！

そして、一巻に引き続き二巻も手に取ってくださった皆様もありがとうございます！

まさか二巻から手に取っていらっしゃる方はいませんよね、それでもありがとうございます！　では、また次巻でお会いできたらお会いしましょう。

ファンレター、作品のご感想をお待ちしています!

【宛先】
〒104-0041
東京都中央区新富 1-3-7　ヨドコウビル
株式会社マイクロマガジン社
GCN文庫編集部

笹塔五郎先生 係
菊田幸一先生 係

【アンケートのお願い】

右の二次元バーコードまたは
URL (https://micromagazine.co.jp/me/) を
ご利用の上、本書に関するアンケートにご協力ください。
■スマートフォンにも対応しています (一部対応していない機種もあります)。
■サイトへのアクセス、登録・メール送信の際の通信費はご負担ください。

GCN文庫

一緒に剣の修行をした幼馴染が奴隷になっていたので、Sランク冒険者の僕は彼女を買って守ることにした②

2021年12月26日　初版発行

著者　笹塔五郎
イラスト　菊田幸一
発行人　子安喜美子
装丁　森昌史
DTP／校閲　鷗来堂
印刷所　株式会社エデュプレス
発行　株式会社マイクロマガジン社
〒104-0041　東京都中央区新富1-3-7　ヨドコウビル
［販売部］TEL 03-3206-1641／FAX 03-3551-1208
［編集部］TEL 03-3551-9563／FAX 03-3297-0180
https://micromagazine.co.jp/

ISBN978-4-86716-221-7 C0193